古事記のフローラ

松本孝芳 著

畝傍山遠景（奈良）

タケノコ(p.19)

ウワミズザクラの果実(p.26

ヒメコウゾの果実(p.28)

アサ(p.30)

ヒカゲノカヅラ(p.31

テイカカヅラの花(p.32)

赤米(p.39

ガマ(p.50)

ヒオウギ(p.53)

アカネの根と葉(p.56)

ガガイモの花と包果(p.60)

ヤマユリ(p.69)

ヒガンバナ(p.71)

ノアザミ(p.72)

イチイ(p.76

カシワの果実(p.84)

クズ(p.87

サネカヅラ(p.94)

フジ(p.96

ャシャンボの葉と花（p.101）

クワの葉と実（p.103）

マコモ（p.107）

ニワトコ（p.108）

アサザ（p.109）

ハス（p.110）

はじめに

本書は古事記に出てくる植物について、現在の植物名と対応させながら描いた、いわば「古事記の植物誌」である。

古事記を実際に手にとって読んだ人はそれほど多くないかもしれないが、その名を知らない人も少ないであろう。古事記を読んだことのない人でも、八俣《やまた》のヲロチやオホクニヌシノ神の稲羽《いなば》の素兎《しろうさぎ》の話なら、ほとんどの人が知っているであろう。それほど古事記は日本人になじみの深い書物であり、我が国最古の書籍で、和銅五年(七一二)成立とされている。古事記は世界に誇れる我が国を代表する古典の一つであり、その中の物語を通して、私達の日々の生活にも深く影響しているように思える。

読者の皆さんは重々ご承知の如く、人は植物無くしては生きていけず、古今東西を問わず、人と植物は切っても切れない間柄である。古事記に現れる植物の大部分は、ごく身近に山野で見かけることのできる、馴染み深いものばかりである。人々はこれらの植物を日常的に利用しながら、生活を続けてきたのであろう。

このようなことに思いを馳せ、古代の人は植物をどのように見ていたのであろうか、また、その当時人はどのような植物と関わっていたのだろうかと思いをめぐらすのも、また楽しいことと思う。本書では、主に古事記のどのような場面にどのような植物が現れているかに注目し、折に触れ日本書紀の記述も参照しながら、気楽に見ていくことにしよう。

本書に掲載した写真は、ヤマユリ以外は全て筆者が生育現場に行って撮影したものである。写真撮影に関して、特に京都府立植物園の肉戸裕行氏及び小倉研二氏に、貴重なご意見とご協力を頂いた。また京都薬科大学の後藤勝実氏には、麻の写真を撮らせて頂くとともに、ヤマユリの写真をご提供頂いた。さらに本書を書くにあたり、多くの方々からご意見やご助言を頂いた。また海青社の宮内久氏には、構成、編集にご尽力頂いた。これらの方々に深く感謝する次第である。

京都市左京区北白川にて

松本孝芳

二〇〇六年　立春

古事記のフローラ——目　次

古事記のフローラ

天地の始まり

●アシカビ

古事記（以下「記」）及び日本書紀（以下「紀」）の本文はいずれも、「天と地が初めて分かれたとき、脂のように漂える中から、葦の芽（アシカビ）のように勢いよく伸び上がるものから生まれ出る神があった」と書き出している。

「記」のアシカビに関する最初の部分。

天地《あめつち》初めて発《ひら》けし時、高天《たかま》の原に成れる神の名は天之御中主《あめのみなかぬし》神……国稚《くにわか》く浮きし脂《あぶら》の如くして、久羅下那須多陀用幣流時《くらげなすただよへるとき》、**葦芽**《あしかび》【1】の如く萌え騰《あが》る物に因りて成れる神の名は、宇摩志《うまし》**阿斯訶備**《あしかび》【1】比古遅神《ひこじのかみ》。

「紀」のアシカビに関する最初の部分。

古《いにしえ》に天地未《あめつちいま》だ剖《わか》れず、陰陽《めを》分《わか》かれざれしとき、……開闢《あめつちひら》くる初《はじめ》に、洲壌《くにつし》の浮《うか》れ漂《ただよ》へること、譬《たと》へば游魚《あそぶいを》の水上《みづのうへ》に浮けるが猶《ごと》し。時《とき》に天地《あめつち》の中に一物《ひとつのもの》生《な》れり。状《かたち》**葦芽**《あしかび》【1】の如し。便《すなは》ち神《かみ》と化為《な》る。国常立尊《くにのとこたちのみこと》と号《まう》す。

これらの記述はともに葦の芽のように芽を吹き出す、国土の成長力の神格化、立派な葦の芽の男の神を意味する。それも国土の根源神の名に読み込まれている。

【1】葦《あし》　アシ　イネ科ヨシ属

葦芽《あしかび》、あしのめ、世界の温帯、暖帯、亜寒帯に広く分布し、日本各地の湖沼、川岸にごく一般に生える宿根草（多年草）。高さ二～三メートル、花は八～一〇月に咲く。和名は桿（はし）の変化したもの。［悪］に通じるのでヨシと成ったといわれる。またハマオギともいわれる。葦は古事記で最初に出てくる植物である。新井白石の『東雅』には「我が国にして凡そ物の名の聞こえし、これより先なるはあらず」と記されている。[*1]葦芽は、春桜の咲く頃、水中から勢いよく伸びてくる。学名 *Phragmites communis* の *communis* は、「普通の」「共通の」の意。

アシの茎はよしずやすだれになり、またパルプの原料にもなる。若芽は食用になる。漢方の蘆根《ろこん》はアシの根茎で、口渇、健胃、利尿等に効く。アシに対する中国名は三つある。アシの初生のもの、即ち食すことのできる蘆筍《ろじゅん》を葭《か》といい、なお十分に秀でず若く、穂をださないときを蘆《ろ》（つらなり生える意味あり）といい、十分成長したものを葦《い》という。[*2・3]葦は即ち偉大を意味するという。パスカル（フランス一六二三～一六六二）の名言、「人間は考える葦である」は余りに有名である。葦は弱々しく、人間もこの葦のように弱々しいが、自身で考えることができるという意味で偉大である、と解釈されている。葦は確かに一本では弱々しく、強い風や雪に耐えることは難しいであろう。しかし葦は多くの場合密生している。密集することによって一本一本は弱い存在でも、集団としてはかなりの風雪にも耐えることができるほど強くなるのである。此の点は人間社会も驚くほど類似している。人は集団として国を作り、そして数百・数千年を重ね国として栄えるのである。このようなことを考えると、国土の根源神の名として葦を取り入れていることは意味深長に思える。またアルタイ語系の言語で葦に当たる言葉(カマ)は、ガマの語源であるという説もあり、またその言葉は日本語の「根源」を意味するという[*4](この文章の内容の確認を試みたのであるが残念ながら確認できなかった)。

アシはまた万葉集にもしばしば現れる。万葉集にはアシ及びオギをうたった歌は五〇以上ある。[*5]例えば

葦辺より満ち来る潮のいやましに思へか君が忘れかねつる　(山口女王)

アシ　草津市琵琶湖岸 2005.9.13

アシ　草津市琵琶湖岸 2000 早春

若の浦に潮満ち来れば潟を無み葦辺をさして鶴鳴き渡る　（山部赤人）
神風や伊勢の浜荻折ふせて旅寝やすらん荒き浜辺に　（読人不知）

浜荻はアシの古名である。これらの歌からアシは万葉の頃浜辺に多く生えていたように読み取れる。アシは海水の満ちてくるような岸辺に生えるのであろう。あるいはそのころは淡水と海水の境の領域が深く陸地に入り込み、海水に近くても淡水の潟が多く存在していたのであろう。アシは塩分濃度の高い潟湖や強酸性の湖沼沿岸にも生育できるという。

イザナギノ命とイザナミノ命

●大八島国の誕生

次に男女一対の神々が現れる。このうちイザナギ、イザナミノ命は八つの国（大八島国）を生み、次に六つの島を生む。即ち一四の国を生み、さらにカヤノヒメノ神及びトリノイハスクブネノ神（別名アマノトリフネ）を含む三五柱の神を生む。イザナミノ命は火の神を生むことによってほとを焼き、それによって黄泉の国へ退く。古事記はこの辺りのことを次のように述べている。

是に伊邪那岐命《いざなぎの》先に「阿那邇夜志愛袁登賣袁《あなにやしえをとめを》」と言い、後に伊邪那美命《いざなみの》「阿那邇夜志愛袁登古袁《あなにやしえをとこを》」と言ひき。如此言ひ竟《を》へて御合《みあひ》して生める子は、淡道之穂之峡別《あはぢのほのさわけの》島、次に伊豫之二名《いよのふたなの》島を生みき。……次に**鹿屋**《かや》【2】野比売神《のひめの》……次に鳥之石**楠**《とりのいはくす》【3】船神《ぶねのかみ》（別名天鳥船《あまのとりふね》）、……次に火之夜藝速男神《ひのやきはやをの》を生みき。此の子を生みしに因りて、美蕃登《みほと》灸《や》かえて病み臥《こや》せり。……故、伊邪那美神《いざなみの》は、火の神を生みしに因りて、遂に神避《かむさ》り座《ま》しき。伊邪那美神《いざなみの》は、出雲の国と伯伎国《ははき》との堺の比婆《ひば》の山に葬《はふ》りき。

また、オホクニヌシノ神の項に、「……泣かじとは　汝《な》は言ふとも　山處《やまと》の　一本**薄**《ひともとすすき》【2】　項傾《うなかぶ》し　汝《な》が泣かさまく……」とある。

「紀」には、

次に　海《うなはら》を生む。次に川を生む。次に山を生む。次に木の祖句句廼馳《おやくくのち》を生む。次に草《かや》の祖草野姫《おやかやのひめ》を生む。亦《また》は野槌《のつち》と名《なづ》く。

とあり、スサノヲノ命の項では、「……**杉**【19】及び**橡樟**《くす》【2】この両《ふたつ》の樹《き》は、以《も》て浮寶《うくたから》とすべし」とある。

このようにイザナギ、イザナミノ命は、多くの島を生んだ後、当時の人の生活にとって大切なカヤと木（クスノキ）を生む。浮寶とは舟のことで（四三頁参照）、最近「奈良県広陵町の巣山古墳から殯《もがり》に使われたとみられる杉製の喪船《もふね》とそれ用の楠製の蓋が出土した」と、同町教育委員会文化財保存センターの報告があり（二〇〇六年二月二十三日読売新聞）、大きな話題となっている。

カヤは人が住む家で、風雨をしのぐに最も大切な、雨漏りのしない屋根を葺く材料として称え神格化し、

ススキ　大津市国分 2000.10.8

その重要性を伝えている。カヤ（茅）は、ススキや葦等屋根を葺く材料となるイネ科の植物の総称である。ここでは茅葺屋根の材料として代表的なススキをあげる。また木で造られた舟は、四方を海に囲まれた我が国にとって、人及び物資を運ぶために不可欠な物として称え神格化し、その大切さを伝えている。

【2】薄《すすき》　ススキ　イネ科ススキ属

各地の山野に極めて普通の大形多年草で叢生する。我が国ではススキが原野に広がる様は、天高く涼しい風を運ぶ、秋の風物詩として親しまれてきた。『東雅』ではススキの語源を「スス」は細いこと、「キ」は刃物の先のように人を傷つけるからとしている。[*1]

【3】楠《くす》・橡樟《くす》　クス　クスノキ科ニッケイ属

常緑高木、樹形は雄大で大型の木となり、高さ二〇メートル、直径二メートル以上になる。本州、四国、九州に分布する。学名 *Cinnamomum camphora* の *camphora* はアラビヤ語で樟脳の意味。この意味するように、枝や葉には樟脳の匂いがあり、葉や材から樟脳がとれる。材は建築材、家具、彫刻等に用いる。写真の大楠は、京都新熊野《いまくまの》神社の樹齢八三〇年、後白河上皇お手植えの楠といわれている。地域の人々に

クス　上図：新熊野神社（京都市）2005.10.23
右下：花　京都市左京区吉田 2005.5.19

は、「新熊野の大楠さん」で親しまれている。

●黄泉《よみ》の国

イザナギノ命はイザナミノ命が死んでしまったことを大層悲しむ。イザナギノ命は、イザナミノ命に逢い、連れ戻そうと黄泉の国へむかう。イザナミノ命は、「もっと早く来てくださらなくて残念です。私は既に黄泉の国の竈で煮炊きしたものを食べてしまったため、黄泉の国を出ることはかなわないでしょう。しかし、せっかく貴方が来てくれたので、黄泉の国を支配する神と掛け合ってみましょう。その間決して私の姿を見ないように」と、イザナギノ命に約束させる。しかし、イザナギノ命は非常に長いこと待った挙句、とうとう待ちきれなくなり、イザナミノ命との約束を破り遂にその姿を見てしまう。イザナミノ命の身体からは、内も外も数え切れないほどの蛆虫がびっしりとわき出で、這い回り、頭からほとはもとより左右の手足まで、併せて八つのイカヅチが沸き出でていた。イザナギノ命はその余りのすさまじさに畏れをなし逃げようとすると、恥ずかしい姿を見られたイザナミノ命は、黄泉の国の忌まわしい女、雷神、黄泉の国の軍士を使って追わせた。イザナギノ命が逃げるのを助けた植物は、葡萄(の実)、筍、桃(の実)である。

是に伊邪那岐命《いざなぎの》、身畏みて逃げ還る時、その妹伊邪那美命《いざなみの》「吾に辱見せつ」と言ひて、即ち豫母都志《よもつし》許賣《こめ》を遣はして追はしめき。爾に伊邪那岐命《いざなぎの》、黒御《くろみ》かづらをとりて投げ棄つれば、乃ち**蒲子**《えびかづらのみ》【4】(「紀」では蒲陶《えびかづら》)生《な》りき。是をひろひ食む間に逃げ行くを、猶追ひしかば、亦其の右の御美豆良《みみづら》に刺《さ》

エビズル　大津市国分 2000.9.9

せる湯津津間櫛《ゆつつまぐし》を引き闕《か》きて投げ棄《う》つれば、乃ち**笋**《たかむな》【5】生《な》りき。是を抜き食《は》む間に、逃げ行きき。且後《またのち》には、その八《や》はしらの雷神に、千《ち》五百《いほ》の黄泉軍《よもついくさ》を副《そ》えて追はしめき。……猶追ひて、黄泉比良坂《よもつひらさか》の坂本《さかもと》に到りし時、其の坂本に在る**桃**《ももの》【6】実三箇《みみつ》を取りて、待ち撃《う》てば、悉《ことごと》に逃《に》げ返《かへ》りき。爾に伊邪那岐命《いざなぎの》、其の桃子《もものみ》に告《の》りたまひしく、……名《な》を賜《たま》ひて意《お》富加牟豆美命《ほかむづみの》と號《い》ひき。……其の謂はゆる黄《よも》泉比良《つひら》坂は、今、出雲国の伊賦夜《いふや》坂と謂ふ。

「紀」のある書では、えびかづらとたかむなのみが現れ、桃の実は現れず、イザナギノ命の放尿により、大川が生じるとある。

ブドウは秋高く、収穫の時期に実り、筍は初夏、諸々の生物が勢いよく伸びはじめる時期のものであり、桃の実は初夏から夏の、最も太陽の高い時

マダケ　大津市国分 2005.7.9

期に熱す。全て自然や生命の勢いを感ずるものであり、現在でも食用として重要である。

【4】蒲《えびかづら》　エビズル　ブドウ科ブドウ属

山野に普通に見られる雌雄異株のつる性落葉木本。巻きひげは葉と対生し二節ついて一節消失する。花は小さく、淡黄緑色で六〜八月に開花する。果実は五〜六ミリメートル程度で房となり、秋に黒紫色に熟し食べられる。エビカズラは本種の古い名前で、後にブドウの名となる。古代、頭の飾りにした玉がエビヅルの実に似ていることから、この記述が生まれたとされる。

ブドウは最も古い栽培植物の一つで、紀元前三〇〇〇年頃から栽培が始められたとされている。またワインの製造は古く、古代バビロニアで紀元前二〇〇〇年頃とされている。旧約聖書、「創世記」に、ノアが方舟を出てブドウ畑を作り始めたとある。ブドウは一般に生命、豊饒、歓楽と祝祭を象徴する聖なる果実として尊ばれた。このことから葡萄はめでたい文様瑞果文として使われる場合が多い。中国唐代では鏡の背面装飾が主に禽獣と葡萄唐草文からなる、海獣葡萄鏡が流行した。海獣葡萄鏡は高松塚古墳から副葬品として出土して有名になった。我が国には正倉院をはじめ各地の神社に伝世されている優品も多いという。

【5】笋《たかむな》　タケノコ　イネ科

竹(タケ)のケは、不可思議な神秘的な力をあらわすものは、キと表現されたことの名残りであろうとされる。[*6] 確かに筍の生命力は強く、節間毎に伸びるので、その成長の速さは圧巻である。また、竹(及び笹)と日本人のかかわりは古くかつ神秘的で、神事には欠かすことのできない植物である。神社の祭事の多くに竹が用いられるし、正月にも松と竹で門松を作る。地鎮祭では四方に斎竹《いみだけ》を立て、注連縄《しめなわ》で連結し不浄を防ぐ。この黄泉の国からの脱出に、イザナギを助けた筍は、モウソウチクの筍ではなく(モウソウチクは一八世紀、日本に渡来したとされる)[*7]、日本に古くから自生していた、ハチクかマダケあるいはさらに小さな笹類の筍であったかもしれない。[*6] 筍の時期は、モウソウが一番早く、ハチク、マダケと続く。現在はモウソウチクの筍が一般的であるが、ハチクの筍もモウソウのものより細いが格段に柔らかく、えぐみは少なく十分美味い。筆者はまだマダケの筍を食したことはないが、苦みが強いと言われている。写真はマダケの筍である。

【6】桃《もも》　モモ　バラ科サクラ属

落葉小高木で、中国や日本で古くから栽培され多くの品種が分化している。花は早春、葉より先に開く。

モモ　中国上海のマーケットで売っていた蟠桃(パンタウ) 2005.4.30

実は球形に近く、七～八月に熟し表面には軟毛を密生する。中国北部原産。日本には有史以前に渡来し、広く観賞用あるいは果樹として栽培されたという。写真は上海の市場で売られていた蟠桃(パンタウ)を示す。このパンタウは、中国からの留学生の結婚式に出席した折に、彼がホテル近くのマーケットで買ってきてくれたものである。形は一般的なモモと異なるが、味はモモであり、皮付きのまま食して十分美味かった。

西遊記に、天界の蟠桃園に三六〇〇株の蟠桃の木があり、若い木は三〇〇〇年に一度実を結び、この実を食すれば仙術に長じ、六〇〇〇年の実を食すれば不老長寿を得、九〇〇〇年の実を食すれば、天地月日と寿命を競うとある。[*8] 天界で孫悟空が蟠桃を食べ、霊力を高め大暴れし、その結果地界の大岩の中に閉じ込められたとある。モモは多くの実をつけることから、多子であることと結びつき、強い生命力と、邪気を払う魔除けの作用があり、穢れを祓い清める霊的な力があるとされた。このことは東海中に三〇〇〇里にわだかまるモモの大樹（蟠桃）がある、或いは天地の中央に高さ三九〇万億里の桃の木が生えているという、モモの木を世界樹とみなす思想と関連があるように思われる。これらはモモが異世界との通路になるという神秘的な思考とも関連しているのであろう。*9 前川は自身の従軍体験から、長江中流の町におけるモモの木の霊力を伝える風習について記している。*6

中村によれば、イザナギ、イザナミの時代には日本にまだ桃はなく、霊力のあったのはヤマモモであろうという。*10

●イザナギノ命の神産み

黄泉国からもどったイザナギノ命は、九州の日向の国の瀬戸のほとりの檍原《あはきはら》というところで禊《みそぎ》をする。このとき身に付けていたものを脱ぐことによって一二柱の神を生み、身を滌《すす》ぐことによって一四柱の神を生む。最後に三柱の尊き神を産む。即ち、左の目を洗う事によってアマテラスオホミ神が、右の目を洗う事によってツクヨミノ命が、鼻を洗うことによってタケハヤスサノヲノ命が生まれた。

「吾《あ》は……穢《きたな》き国に到りて在り祁理《けり》。故《かれ》、吾《あ》は御身《みみ》の禊《みそぎ》為《せ》む。」とのりたまひて、竺紫《つくし》の日向《ひむか》の**橘**《たちばな》【7】の小門《をど》の**阿波岐**《あはき》【8】原に到り坐《ま》して、禊《みそ》ぎ祓《はら》ひたまいき。

また、タチバナは垂仁紀に「又天皇、三宅連《みやけのむらじ》等の祖、名は多遅摩毛理《たじまもり》を常世《とこよ》の国に遣わして、**登岐士**《ときじ》

タチバナ　京都大学理学部植物園(京都市) 2000.12.22　左下：果実

玖《く》能《の》迦《か》玖《く》能《の》木實《このみ》【7】を求めしめたまひき……登岐士玖能迦玖能木實は、是れ今の橘なり。」……とある。トキジクノカクノコノミについては、橘の果実とする説の他、ミカンとする説もあるが、[*11]ここでは橘をあげる。

【7】橘《たちばな》・登《と》岐《き》士《じ》玖《く》能《の》迦《か》玖《く》能《の》木實《このみ》

タチバナ　ミカン科ミカン属

牧野の『新日本植物図鑑』では、ニッポンタチバナとされ、日本固有種である。高さ三～六メートルの常緑小高木。五～六月白い花をつける。果実はやや扁平な球形で径二～三センチメートル、冬に黄色く熟す。橘は古くから神聖な樹木とされ、皇居内裏の「左近の桜、右近の橘」で知られている。また家紋としても用いられている。黄色に熟した果実は食せるが、種子は普通のみかんの種子ほど大きく、非常に酸っぱい。庭に植えるには趣のある木である。

アオキ　筥崎宮(福岡市) 2005.7.22

あはきは青葉木(あをはき)の略で、青木、もちの木、樫の木に比定されるが、ここでは日本固有種のアオキをあげる。

【8】阿波岐《あはき》　アオキ　ミズキ科アオキ属

日本固有種で常緑低木、雌雄異株。日陰でもよく生育する。枝は青色(名の由来はこれに起因するという)、花期は春、果実は冬に赤熟する。稀に白(シロミアオキ)、黄(キミノアオキ)があり、また斑入りの園芸品種も多い。学名*Aucuba japonica* の *japonica* は「日本の」の意。葉はやけど、はれもの、凍傷に効く民間薬として用いられる。

アマテラスオホミ神とスサノヲノ命

●天《あめ》の石屋戸《いはやと》

イザナギノ命はアマテラスオホミ神に高天の原を治めるように、ツクヨミノ命に夜の世界を治めるように、タケハヤスサノヲノ命に海原(「紀」で

石屋戸神社　天香具山（橿原市）2005.8.6

は根の国）を治めるように託した。しかし、タケハヤスサノヲノ命は海原を治めず、亡き母のいる国、根の堅州国に行きたいと泣き叫んでいた。イザナギノ命はそれを聞き大層立腹し、スサノヲノ命を追い払ってしまった。スサノヲノ命は姉のアマテラスオホミ神に事情を話してから、母の国に行こうと思い、高天の原に行ったが、そこでさんざん狼藉をはたらく。始めのうちはアマテラスオホミ神も、かわいい弟のすることだからと、大目に見ていたが、スサノヲノ命の余りの乱暴に畏をなし、天の石屋戸に引きこもり、石戸を閉ざしてしまう。

……大嘗《おおにへ》を聞看《きこしめ》す殿《との》に屎麻理《くそまり》散らしき。……其の服屋《はたや》の頂《むね》を穿《うが》ち、天の斑馬《ふちこま》を逆剥《さかはぎ》ぎに剥《は》ぎて堕《おと》し入るる時に、天の服織女《はたおりめ》見驚きて、梭《ひ》に陰上《ほと》を衝《つ》きて死にき。故是《かれここ》に天照大御神身畏《みかしこ》みて、天《あめ》の石屋戸《いはやと》を開きて刺許母理《さしこもり》坐しき。爾に高天《たかま》の原皆暗く、葦原中國《あしはらのなかつくに》悉に闇《くら》し。

これによって高天の原、葦原の中つ国悉く暗くなり、夜ばかりが続くことになり、あらゆる災いがおきる。そこで多くの神々が集まり相談し、思金神《おもひかねのかみ》の深謀が神意にかなっているか否かを占いによりおしはり、アマテラスオホミ神が石屋戸から出てくるように促すのである。

……天の香山《かぐやま》の眞男鹿《まをしか》の肩《かた》を内抜《うつぬ》きに抜きて、天の香山の天の**波波迦**《ははか》【9】を取りて、占合《うらな》ひ麻迦那《まかな》波《は》しめて、天の香山の五百津眞賢木《いほつまさかき》【10】を根許士爾許士《ねこじにこじ》て、……中枝《なかつえ》に八尺鏡《やたかがみ》を取り繋《か》け、下枝《しづえ》に**白丹寸手**《しらにきて》【11】、**青丹寸手**《あをにきて》【12】を取り垂《し》でて、…天宇受賣命《あめのうずめの》、天の香山の**日影**《ひかげ》【13】を手次《たすき》に繋《か》けて、天の**眞折**《まさき》を**縵**《かづら》【14】と為《し》て、天の香山の**小竹葉**《ささば》【15】を手草《たぐさ》に結ひて、天の石屋戸《いはやと》に汙氣《うけ》伏《ふ》せて蹈み登杼呂許志《とどろこし》、神懸《かむがか》り為《し》て、胸乳《むねち》を掛《かい》き出で裳緒《もひも》を番登《ほと》に忍《お》し垂《た》れき。爾に高天《たかま》の原動《はらとよ》みて、八百万の神共に咲《わら》ひき。

大和の天香具山南麓に南面して、マダケに囲まれて石屋戸神社が鎮座している(写真)。ご神体は大神の幽居したと伝えられる四個の大石から成る岩穴。

岩波書店、『古事記祝詞』では、「ははか」をカニワザクラ(朱桜、チョウジザクラのこと)としているが、一般的にはウワミズザクラであるとされている。*8・12・13

ウワミズザクラ　大津市国分 2000.5.5　左下：果実 2000.8.7

白井光太郎博士によれば、昔の記述および各地の方言から、「ははか」であり得る樹種は、上述のウワミズザクラとヒイラギカシ（タデキ）の可能性があるとしている。前者は落葉樹で後者は常緑樹である。いずれも花が穂になって咲く木である。「ははか」は野生のサクラ類であるが、宮中儀式の大嘗祭に使われる重要な樹種である。「ははか」が何の樹であるか古来学者間でも疑問とされていた。『古事記伝』によれば、「ははか」はカバノキとされている。従って上記の神事にはウワミズザクラとシラカバ両樹が宮中へ納められていたという。しかし、天の香具山は大和にあり、シラカバの自生地ではないということから、ウワミズザクラを用いるようになったという。[*13]

【9】波波迦《ははか》　ウワミズザクラ　バラ科サクラ属落葉高木で幹は高さ一〇～一五メートル、直径五〇センチメートル程度になる。花は四～五月、

サカキ　京都大学理学部植物園(京都市) 2000.6.15

新枝の頂に多数の花をつけた長さ八～一〇センチメートルの総状花序で、花序には数枚の葉がある(イヌザクラの花序には葉がない)。果実は卵円形で黄色から秋に黒紫色に熟す。材は強靭、木理は緻密で建築、彫刻、器具等に用いられる。樹皮、根皮、材は紅褐色系の染料となる。和名は古来この材の上に溝を彫って、亀卜《きぼく》に使ったので上溝桜という説があるが、裏溝、占溝、占見が転訛したとする説もある。[*10・14] 学名 *Prunus grayana* は、北米の分類学者 *Gray* に因む。

【10】賢木《さかき》　サカキ　ツバキ科サカキ属

サカキは栄木(サカエギ)で、常緑樹の意でもある(異説あり)。榊は国字。

常緑の低木、小枝は初め緑白色、後に灰色を経て灰黒色になる。若枝の先端の冬芽は下方の葉腋のそれよりはるかに大きく、鉤状に曲がる。葉は二列互生し有柄。花は六～七月に咲き、白色で後

ヒメコウゾ　大津市国分 2000.6.18　左下：果実

に黄みを帯びる。実は球形で、径七～八ミリメートル、一〇月ごろ黒紫色に熟す。神事の樹として用いられ、神社境内に植えられ、神体、神木等にもなる。伊勢では正月に門松の代用にするという。古来万葉集、古今集等、歌に詠まれた例は多い。新古今集に「おく霜に色もかはらぬ榊葉の香をなつかしみとめてこそ来れ」とあり、常緑樹で古来サカキの総称とされている中で、香りあるものはシキミのみであるとする説もある。[*15]

白丹寸手《しらにきて》はコウゾ（楮）の靭皮繊維を糸にした木綿（ゆう）で、主に幣（ぬさ）とする。

【11】ヒメコウゾ（コウゾ、カゾ）　クワ科カジノキ属

低山地に普通に生える落葉低木。葉は互生し、葉身はゆがんだ卵形で、ときに深く二～三裂し先は尾状に長くとがる。葉の基部はゆがんだ円形または鋭形、葉柄は長さ数ミリメートルから一センチ

メートル。雌雄同株、四~五月新枝の上部の葉腋に雌花序を、下部に雄花序をつける。雌花序は球形で径約○・五センチメートル、糸状の赤紫色の花柱（長さ約○・五センチメートル）が多数出る。果実は径約一センチメートルで、秋に赤く熟し、若干ぬめりがあるが甘く食せる。樹皮は和紙、織物の材料として使用する。学名*Broussonetia kazinoki*の種名*kajinoki*は誤ってつけられたとされる。近縁種コウゾはヒメコウゾとカジノキ（*B. papyrifera*）の雑種とされる。和名コウゾは紙麻（カミソ）の転化とする説もあるが、多分カゾから転化したものであるとされる。*14

青丹寸手《あをにきて》は麻の繊維でつくる。アサは「記」中巻〈崇神紀〉にも出てくる。

姿、容の大層麗しいイクタマヨリヒメのもとに、これまた姿、威儀類まれな男子が深夜不意に現れた。二人はたちまち合い感じてともに住むようになった。ともに住むようになって幾許もしないうちに其のヒメが身ごもった。両親は不思議に思い其の訳を尋ねると、ヒメは

「麗美《うるは》しき壮夫《をとこ》有りて　其の姓名《かばねな》も知らぬが、夕毎《よひごと》に到来《き》て共住《す》める間に、自然《おのづから》懐妊《はら》みぬ」といひき。

両親は其の男が誰かを知りたいと思い、ヒメに

「赤土《はに》を床の前に散らし、へそ紡麻《を》を針に貫《ぬ》きて、其の衣のすそに刺せ」といひき。故、教の如くして旦時《あした》に見れば、針著けし**麻**《を》【12】は、戸の鉤穴《かぎあな》より控《ひ》き通《とお》りて出でて……

アサ　京都薬科大学薬用植物園（京都市）2005.9.17

【12】麻《を》　アサ　アサ科アサ属

アサは牧野の『新日本植物図鑑』では、クワ科に分類されているが、現在ではアサ科に分類される。一年生草本で、雌雄異株で独特な匂いがする。雌花穂は指で触ると、指に粘着質が残る。茎皮から繊維をとり麻糸とする。あさの語源は、牧野によれば、やや青みを帯びた麻の繊維、アオソに因むという。またアは接頭語で、サは朝鮮語のsamに基づくという説もある。[*16・17] 学名 *Cannabis sativa* の *sativa* は「栽培された」の意である。アサは昔は多く栽培されていたようであるが、現在は法の規制が厳しく、栽培が厳しく管理されている。筆者も実物を見たく、また写真を撮りたく、いろいろな所へ問い合わせたのであるが、幸い京都薬科大学付属薬用植物園に栽培されていたので、写真を撮らせていただいた。

日影《ひかげ》は「紀」では蘿（さがりごけ）とある。サガリゴケとは下苔と書き、ヒカゲノカヅラの別称、あるいはサルオガセの別称と言われている。サルオガセはその生育場所から判断すれば、天香具山辺りにはない

ヒカゲノカヅラ　大津市西山 2005.7.16

であろうから、ここではヒカゲノカヅラをあげる。

【13】日影《ひかげ》　ヒカゲノカヅラ　ヒカゲノカヅラ科ヒカゲノカヅラ属

山麓の比較的日当たりがよく、乾いた斜面に生える多年生常緑草本。冬でも枯れない。茎は緑色で長く地上を匍匐し二メートルにも達し、不規則に分岐し、所々に白色の根を生じる。葉は輪生状あるいはラセン状に配列し密生し、長さ四〜六ミリメートル緑色硬質で光沢がある。子嚢穂は六〜八月匍匐茎から分岐した直立茎（長さ八〜一五センチメートル）上に二〜四個生じ、淡黄色、長さ三〜四センチメートルの円柱形である。黄色の胞子を大量に出す。胞子は石松子《せきしょうし》といい薬用とする。ヒカゲノカヅラ綱はシダ植物の中でも最も古く分化した綱の中の一つで、およそデボン紀から四億年の歴史をもっていると考えられている。またこの鋼に属する現生植物はいずれも太古からあまり形態も変わっておらず、[生きた化石]とも呼ばれている。[18] ヒカゲノカヅラは初期の陸上植物に多く見られる原始的且つ基本的な二叉分枝(叉状分枝)で、地を覆うように広がってゆく。[19] 本種が大きく成長した姿からは、原始の世界を想像できる。学名 *Lycopodium clavatum* の *clavatum* は「バット形の」、「こん棒形の」の意である。多分胞子嚢の形状からきているのであろう。

和名日影葛の影は光との対象として用いられ、向陽の地に好んで生えることを強調したものと考えられる。この他にキツネノタスキ、テングノタスキ、カミダスキ、ウサギノタスキ、ヤマウバノタスキ等の俗称がある。[14・20]

ヒカゲノカヅラは植物に少しでも興味のある人なら、一度見ればなかなか忘れ難い姿をしている。筆者もこの植物をかつて見たことがあり、多分はっきりとは意識しないまま、その印象を覚えていたのであろう。大津石山付近では、きっとあの辺りにあるだろうと目星を付けていくと、やはりそこにヒカゲノカヅラがあった。それはまさに岩が崩れ、そのまま土になったような、比較的日当たりのいい斜面である。

【14-1】眞折縵《まさきのかづら》　テイカカヅラ　キョウチクトウ科テイカカヅラ属

マサキノカヅラの候補として他にニシキギ科ニシキギ属のツルマサキがあるが、マサキノカヅラとして古来多く詠まれているのはテイカカヅラであるという。山野に普通な常緑つる生。葉は対生で光沢ある暗緑色で、茎枝を傷つけると傷口を補修するように、やや粘り気のある乳液を出す。花は五～六月に開き、芳香あり。径二センチメートル程度、花筒部長七～八ミリメートル、白色、落花前に淡黄色を帯びる。袋果は細長く、長さ一五～二五センチメートルで湾曲して下垂する。種子は線形、先に長さ二～

テイカカヅラ　京都大学理学部植物園（京都市）2001.5.26　左下：花

三センチメートルの白銀色の長毛あり。学名*Trachelospermum asiaticum* の *asiaticum* は「アジア」の意。和名のテイカカヅラは歌人藤原定家に因む。定家の死後数日ならずして、定家の墓にからみ、白色五弁の小花を開き芳香をはなち匂ったので、テイカカヅラというとある。

それでは何故マサキノカヅラがツルマサキでなく、テイカカヅラであると考証されたのか。これについては『白井光太郎著作集』[*13]、『樹木大図説』[*15]に詳しい。簡単に言うなら次のようである。古今和歌集に「み山にはあられふるらしと山なるまさきのかづら色づきにけり」（巻第二〇、大歌所御歌、神あそびの歌、深い山には霰が降っているのであろう、人里近い山では、マサキノカヅラが紅く色づいている）と詠まれている。ツルマサキは常緑でほとんど紅葉しないが、テイカカヅラの紅葉はすこぶる鮮美であること、アメノウズメノ命がマサキノカヅラを鬘《かづら》にしたとあるが、ツルマサキはごつごつした木で本当のつるにはならず、鬘にするには不向きである。一方テイカカヅラのつるは繊細で長く鬘にするに適していること、八丈島、三宅島、奄美大島等では今日でもテイカカヅラをマサキ、マサキフジ、マサキカヅラということからである。

また、古今集のこの歌を本歌として、新古今和歌集に「うつりゆく雲に嵐の声すなり散るかまさきのかづらきの山」(飛鳥井雅経)と歌われている。これらの歌からすると、「まさきのかずら」は紅葉し、冬には落葉すると思われる。

しかし筆者が複数の個所で複数年にわたり確認したところ、一般的にはテイカカズラは紅葉しないし、冬に落葉もしない、常緑である。ただしテイカカヅラは春新緑の出るころ一部の旧葉が見事な深紅に染まる。遠くから見るとカヅラのつる全体に赤い花が咲いたように見える。このようなことから、気候変化や場所によって、一部の葉が赤く染まることもあるやも知れない。しかし先の歌は普通に見れば、秋も深まる頃の紅葉の歌とみなせる。それではマサキノカズラはテイカカヅラ以外に何に比定できるか。原野や山地で紅葉の美しいつる性植物として、ツタ、イワガラミ、ツルアジサイ等が考えられる。しかしこれらの植物には、「まさき」に関連する方言はみあたらない。[*20] そこで筆者は次のような考えもあり得るように思う。原文を見よう。

「記」では「まさきを縵《かづら》として」、とあり、「紀」では、「まさきを以って鬘《かづら》にし」とある。かづらは頭に巻く飾りであるから、「まさき」をつる性の植物と考えたくなるが、必ずしもつる性である必要はないとも考えられる。

マサキ　京都大学フィールド科学教育研究センター本部試験地（京都市）2005.11.4　右下：月桂樹冠

例えば古代ギリシャにおいてマラソン勝者に贈られたといわれる月桂樹の冠は、月桂樹はつる性植物ではないが、その枝をうまく横向きに編んで、頭にかぶれるように作られているようにみえる。筆者も月桂樹としらかしを用いて、冠を作ってみたが、枝を捩り合わせて、頭にかぶれる冠を容易に作ることができた（写真）。マサキの緑色の若い茎は、ツルマサキや月桂樹よりしなやかで、かづらをより作りやすいように思える。日本の神話にもギリシャ神話との類似点がかなりあるということだから、この方面からも検討してみてはどうであろうか。

それでは古今集の歌にある「まさきのかづら」についてはどのように考えればよいであろうか。もしこの歌が実際の光景を見て歌ったものであれば、「まさきのかづら」は「まさきにからまったかづら」ともとれるであろう。例えば現在でも、「屋根の草が枯れた」は「屋根に生えた草が枯れた」の意だし、「窓の雪」は「窓に積もった雪」の意である。同様に「松の苔」は「松に生えた苔」の意味でもあり、このような「の」の用法は日常的であるとともに、古代には更に多用されていたようである(『広辞苑』)。このように考えれば、文字を極力節約しなければならない和歌において、「まさきにからまったかづら」に対し、「まさきのかづら」とすることも無理のないことのように思える。従って色づくのはマサキではなく、カヅラであるとする解釈もあり得よう。このような訳で、ここではマサキノカヅラに対し、テイカカヅラとマサキ両者をあげる。

筆者がここまで書いたところ八坂氏(八坂書房)から、細見末雄著『古典の植物を探る』[*21]を送っていただいた。まさに筆者の勉強不足の致すところである。この書の中で、細見はマサキノカヅラが紅葉し落葉することをあげ、多分マサキノカヅラはサンカクヅルであろうことを詳細に検証している。ただ細見は、マサキノカヅラがつる性の植物であることを前提としている。

【14－2】眞折《まさき》　マサキ　ニシキギ科ニシキギ属

常緑低木。庭園及び生垣に使用される。葉は革質で厚く普通は対生であるが、わずかに互生する。〇・五～一センチメートル程度の葉柄を持つ。葉身は長楕円形か、倒卵円形。基部を除いて鈍鋸歯を持つ。和名はマサオキ(真青木)あるいはマセキ(籬木)の転じたものといわれている。[*14]学名 *Euonymus japonicus* の *japonicus* は「日本の」の意。

小竹葉《ささば》はササの葉の意であろう。ササは細々即ち小さいの意味であるが、俗にはイネ科竹類の中で小さく、成長しても皮の落ちないものの総称とされる。

ネザサ　天香具山（橿原市）2005.8.6

『原色牧野植物大図鑑』（北隆館、一九九七）にイネ科でササと名付けられているものに七種ある。ここでは天の香具山辺りに普通に見られるネザサをあげる。

【15】小竹葉《ささば》　ネザサ　イネ科メダケ属

西日本の山野に普通に生える。小形であるが大きいものは二〜三メートルに達する。稈は直立し、古いものは節から二〜五本の枝を出す。葉には稈を包む長い葉鞘があり、その口縁に淡褐白色の肩毛をもつ。肩毛は稈とほぼ平行に立ち、数ミリメートルから長いもので八ミリメートル程度に達する。

八百万の神の計らいでアマテラスオホミ神が天の石屋戸を出ることにより、高天の原と葦原の中つ国に光が戻った。八百万の神は相談によってスサノヲノ命を高天の原から追放することにした。

赤米　湖南市菩提寺 2005.9.17

スサノヲノ命

●五穀の誕生

追い払われたスサノヲノ命は、腹をすかしてオホゲツヒメノ神に食物を乞うた。オオホゲツヒメノ神は鼻、口さらには尻からいろいろな食べ物を取り出して、いろいろに作りそなえて、スサノヲノ命をもてなした。スサノヲノ命はそのしぐさを伺い見て、わざと穢していると思い、オオゲツヒメノ神を殺してしまった。その神の身から生れ出るものは、

頭《かしら》に蚕《かひこ》生《な》り、二つの目に**稲種**《いなだね》【16・1】生り、二つの耳に**粟**《あは》【16・3】生り、鼻に**小豆**《あづき》【16・5】生り、陰に**麦**《むぎ》【16・2】生り、尻に**大豆**《まめ》【16・5】生《な》りき。

「紀」には、「額《ひたい》の上に粟生れり、眉の上に蚕生

粟　大津市国分 2005.9.12

麦　守山市琵琶湖畔 2005.6.17

れり、眼の中に稗生れり、腹の中に稲生れり、陰に麦及び、大小豆生れり」とある。また「天照大神喜びて曰《のたま》はく『是《こ》の物は、顕見《うつ》しき蒼生《あおひとくさ》の食《くら》ひて活くべきものなり』とのたまいて、乃ち粟稗麦豆を以ては陸田種子《はたけつもの》とす。稲を以ては水田種子《たなつもの》とす」とある。

【16】五穀　1・稲、2・麦、3・粟、4・稗、5・豆(大豆、小豆)

人類が農耕生活を始めたのは、およそ一万年前という。収穫を効率よく容易に行うために、イネ科植物の非脱落性のものが選ばれていった。稲の栽培はおよそ七〇〇〇年前と言われ、我が国にはBC一〇〇〇年頃伝来したとされる。稲の故郷は中国南部を含む東南アジアとされる。稲は弥生時代の遺跡からの出土穀物で最も比率が高く六六パーセント以上に達するという。[*22] また粟、稗等のいわゆる雑穀の栽培については、余り良くわかっていないが、稲と同様およそ七〇〇〇年ほど前であろうと考えられている。我が国ではこれらの雑穀は現在

稗　大津市国分 2005.9.18

大豆　大津市国分 2005.8.4

では余り省みられないが、戦前までは各地域の生活の中に根付いた伝統文化として重要な役を果たしていた面も多い。また救荒作物としての重要性も大きい。[*23]

古代に栽培されていたイネは、現在我々が普通に田で見るイネと異なるであろう。一〇世紀から一一世紀に書かれたとされる枕草子(八月つごもり、二二〇段)に、「これは男どもの、いと赤き稲の、本ぞ青きを持たりて刈りける」(注:写本によって段数、文章は若干異なっている。)とあることから、赤い稲であろうと考えていた頃、滋賀県湖南市のある農家が、赤米と黒米を栽培していることを知り、写真に撮らせていただいた。写真は、ちょうど穂がまさに紅に染まった頃の直播の赤米である。古事記の書かれたころも、田はこのように紅く染まったのであろうかと、幾分感動してその景色を見ながら写真を撮った。

赤米の収穫時期は「八月つごもり」とあるように、現在の暦でいえば十月下旬頃と遅い。

また、赤米は赤飯の原型とみなされている。当時一般の民が米を食べる機会は、多分そう多くはなかったであろう。何か特別なハレのときに赤米を食し、それが祝いのときに赤飯を炊く風習に繋がっていくのであろう。

赤米を白米に二割程混ぜて炊くと、飯全体がピンク色に染まり、見た目も鮮やかである。また味もよい。赤米だけで炊くと、やや強《こわ》いが、かむほどに味が出てくる飯になる。

また、粟や稗はこの頃ほとんど栽培されていないので、勤め先の農学部の先生から、種子を少し分けて頂き、我が家の小さな家庭菜園に撒き、育てた。この過程でも、出たての粟のやや白味を帯びた緑の穂の美しさ(丁度せみが殻から抜け出した直後の色と同じようである)や、稗の逞しさに感心したものである。またこの時栗の茎や葉が紅葉することも知った。

●八俣《やまた》のヲロチ

スサノヲノ命は高天の原を追われて出雲の国の肥の川のほとりに降り立った。その川の上流から箸が流れてくるのを見て、その上流に人が住んでいると思い、川を遡って行った。そこに老夫と老女が乙女を中にして、泣き悲しんでいた。

故《かれ》、避追《やら》はえて、出雲の国の肥《ひ》の河上《かわかみ》、名は鳥髪《とりかみ》という地《ところ》に降《お》りたまひき。此の時箸《はし》其の河より流れ下《くだ》りき。是に須佐之男命、人其の河上に有りと以為《おも》ほして、尋《たず》ね覔《もと》めて上《のぼ》り往きたまえば、老夫《おきな》と老《おみ》女《な》と二人在りて、童女《をとめ》を中に置きて泣けり。…「僕《あ》が名は足名椎《あしなづち》と謂い、妻《め》の名は手名椎《てなづち》と謂い、女《むすめ》の名は櫛名田比賣《くしなだひめ》と謂ふ。」とまおしき。…是の高志《こし》の八俣《やまた》の遠呂智《をろち》年毎《としごと》に来て喫《くら》へり。今其が来《く》べき時なり。…「彼《そ》の目は**赤加賀智**《あかかがち》【17】の如くして、身一つに八頭八尾《やかしらやを》有り。亦其の身に蘿《こけ》と**檜**《ひ》【18】**榲**《すぎ》【19】と生《お》ひ、その長は谿八谷峡八尾《たにやたにをやお》に度《わた》りて…」

……十拳剣《とつかつるぎ》を抜きて其の蛇《をろち》を切り散《はふ》りたまいしかば、……其の中の尾を切りたまいし時、御刀《みはかし》の刃《は》毀《か》けき。爾に怪しと思ほして、御刀の前《さき》以《も》ちて刺し割《さ》きて見たまへば、都牟刈《つむがり》の太刀ありき。……是は草那藝《くさなぎ》の太刀なり。

この草那藝《くさなぎ》の太刀(草薙の剣)はアマテラスオホミ神に献上され、ヒコホノニニギノ命が高天《たかま》の原から葦《あし》

ホオズキ 大津市国分 2000.9.15

原《はら》の中つ国に降り立つ時に携え、さらに後世ヤマトタケルノ命が東征に際し、ヤマトヒメから賜ることになる。その後、この剣は熱田神宮に祀られ、平家滅亡とともに海に没したとされる(『広辞苑』)。

【17】赤加賀智《あかかがち》 ホオズキ ナス科ホオズキ属

アジア原産の多年草で、人家によく栽培される。長い地下茎で繁殖する。六、七月葉腋に一個の白色の花をつける。液果は球状で赤く熟し、大きな赤橙色の萼《がく》に包まれる。子供が果実の中身を除いて口中で鳴らして遊ぶ。地下茎は酸漿根《さんしょうこん》といい漢方になる。ホオズキという和名の由来は、牧野富太郎によれば茎にホウと呼ばれるカメムシの類がよくつくのでホオズキというとある。あるいは頬に含み舌で突いて鳴らすことから、頬突きの意とも、ホホは火々で赤く輝き、ツキは染まるの意味であるともいう。中村によれば、ホオズキは文月(フヅキ)に由来するという。[*10] 学名 *Physalis alkekengi* の *alkekengi* はほおずきのアラビア名である。このホオズキの写真も我が家の庭で撮ったものであるが、その後ニジュウヤホシテントウにやられ、葉は葉脈だけを残し網目状になり、ほとんど枯れてしまった。

ヒ(檜)はヒノキに非ず、ビャクシン(イブキ)とするのが通説とされている。万葉集では檜はサキクサ(佐木久佐)という。これは檜が諸々の木材の中で特に優れているためという。また「紀」にあるように、檜は瑞宮《みつのみや》の材とするという意味でサキクサというとしている。

『東雅』によれば、古くは木をケと言った。これはスサノヲノ命が自身の身体に生えている毛を抜いて、杉、檜等の樹木と成したということから、また、紀州を木の国と言うこととも関連していると言う。[*1]

「紀」ではスサノヲノ尊の子孫が、これらの樹種を植え国土の発展に努めた話がある。

一書《あるふみ》に曰《い》はく、素戔嗚尊《すさのをのみこと》の曰《のたま》はく、「韓郷《からくに》の嶋《しま》には、是金銀《これこがねしろがね》有り、若使《たとひ》吾が児の所御《しら》す国に、浮《うく》寶《たから》有らずは、未だ佳《よ》からじ」とのたまひて、乃ち鬚髯《ひげ》を抜きて散《あか》つ。即ち**杉**【19】に成る。又、胸の毛を抜き散つ。是、**檜**《ひのき》【18】に成る。尻の毛は、是**柀**《まき》【20】に成る。眉の毛は是**櫲**《く》**樟**《す》【3】に成る。已にして其の用いるべきものを定む。

ここで浮寶とは舟のことである。杉及び櫲樟をもって舟と成し、檜は瑞宮《みつのみや》を造る材とせよ。柀は棺を作るに用いよとある。

中国で言う檜はビャクシンとするのが正しいようであるが、上に述べたことから、檜はヒノキである可能性も否定できない。さらに『東雅』に言うように漢字伝得し後、ヒノキというものに檜の字を借用したらむ云々ということも有り得よう。[*1] しかし尚、ビャクシンの葉は火炎状に渦をなし、その幹は深くねじれ、

ヒノキ　大智寺(岐阜市) 2005.9.10
左下：果実　大津市国分 2005.9.9

ビャクシン　建長寺（鎌倉市）2005.6.24

入れ込み、苔むして八俣《やまた》のヲロチの背ビラに生えるにはふさわしいようにも思えるので、ここではヒノキとビャクシンをあげることにする。

【18-1】檜《ひ》　ヒノキ　ヒノキ科ヒノキ属

常緑高木、高さ三〇~四〇メートル、直径一~二メートルになる。雌雄同種。本州（福島県以西）、四国、九州（屋久島まで）に分布する。材は建築用として最良とされ、船舶、橋梁、日常使う器具等に使用される。樹皮は社寺の屋根葺材として用いられている。和名は火の木の意味で、太古の人がこの木をすり合わせて、火をおこしたことに因むという。しかしこれは素人考えで、古代「ひ」の音には甲乙二種類があり、「火」の音は乙類に属し、ヒノキを表す「桧」は甲類の「比」があてられたといい、ヒノキを火と関連付けることは論理的に成り立たないという。[*17] しかし、ヒノキの青い葉は極めて燃えやすく、火にくべると一瞬にして勢いよく炎を上げる。古代の人々は山火事等の際、ヒノキが勢いよく炎を上げて燃える様を見ているであろうから、火とヒノキを関連づけることも捨てがたいように思える。学名 *Chamaecyparis obtusa* の *obtusa* は「鈍頭の」の意。写真は推定樹齢七〇〇年の岐阜市大智寺のヒノキである。

【18-2】檜《ひ》　ビャクシン（イブキ）　ヒノキ科ビャクシン属

常緑高木、高さ一五~二〇メートル、径〇・五~二メートルに達し、主幹は深くねじれることが多い。雌雄異株まれに同株。中国より渡来したとする説もあり、中国大陸に広く分布する。我が国では多くは庭園、社寺境内に植えられ、各地に天然記念物に指定されている老木がある。材は床柱として珍重され、彫刻材、器具材として用いられる。写真は推定樹齢七三〇年の鎌倉建長寺のビャクシンである。

スギ　秋田県二つ井町 2004.9.21

イヌマキ　京都大学本部構内（京都市）2005.6.3　左下：果実 2005.9.16

【19】杉《すぎ》　スギ　スギ科スギ属

常緑高木、真っ直ぐな幹が直立し、高さ三〇〜四〇メートル、径一〜二メートルに達する。雌雄同株。花は早春に開く。雄花は長さ六〜九ミリメートル、直径三ミリメートル程度の長楕円体で枝先に群生する。雌花は緑色球形で小枝の端につく。日本特産で材としての用途も広く、各地に栽培されている。スギは日本の樹木ではクスノキに次いで大木となり、各地に名木、巨樹がある。天然生で巨木になるものには、屋久島に自生するヤクスギが有名である。和名スギは幹が直立していること、即ちす（直）き（木）から、あるいはすくすくと立つ木に因むといわれる。写真は日本で最も高い杉とされる、秋田県二つ井町にある樹高五八メートルの秋田杉である。

【20】槙《まき》　イヌマキ　マキ科マキ属

常緑高木、高さ二〇メートル、直径三〇〜六〇センチメートルで、雌雄異株。果実は球形、径一センチメートル程度で白紛を帯びて緑白色、暗赤色の果托の上に着く。果托はやや粘り気があるが、甘くて食せる。学名 *Podocarpus macrophyllus* の *macrophyllus* は「大きい葉の」という意味である。材は湿気に強いので、建築材、桶、棺等に用いられる。

オホクニヌシノ神

●稲羽《いなば》の素兎《しろうさぎ》

八俣《やまた》のヲロチを退治したスサノヲノ命は、出雲の国須賀の地（島根県大原郡）に宮を造りクシナダヒメを娶る。スサノヲノ命の六代（「紀」の一書では五代）の孫が大国主《おほくにぬしの》神（亦の名を大穴牟遅《おほなむぢの》神、葦原色許男《あしはらしこをの》神、八千矛《やちほこの》神、宇都志国玉《うつしくにだまの》神という。この神は併せて五つの名がある）である。「此の大国主神の兄弟《あにおと》、八十《やそ》神坐《ま》しき。然れども皆国は大国主神に避《さ》りき。」で始まるヤガミヒメとの婚ひをめぐる稲羽の素兎、オホクニヌシノ神の伝説である。

オホクニヌシノ神が兄弟（八十神）のお供をして因幡の気多郡の海岸に差し掛かったとき、皮膚が裂かれ泣き伏している赤膚の一匹の兎を見つける。兎は先に通った八十神の教えの通り、「海水につかり、山の上で風に当っていたらますます痛みが激しくなり、このような姿になってしまいました」と泣き伏していた。オホクニヌシノ神は、その兎に真水で身体を洗い、がまの黄《はな》を敷いてその中に包まっていれば、傷は治るであろうと、優しく教えてやった。

ガマ　京都府立植物園（京都市）2000.7.29　右下：穂　牧野植物園（高知市）2000.9.28

「…八十《やそ》神の命《みこと》以《も》ちて、『海塩《うしほ》を浴み、風に當りて伏せれ。』と誨《おし》へ告《の》りき。故《かれ》、教の如く為《せ》すしかば、我が身悉に傷《そこな》えつ。」とまをしき。是《ここ》に大穴牟遲神、その兎に教へ告りたまいしく、「今急《すみや》かに水門《みなと》に往き、水を以ちて汝が身を洗ひて、即ち其の水門の**蒲**《がまの》【21】黄《はな》を取りて、敷き散らして其の上に輾轉《こいまろ》べば、汝が身本《もと》の膚《はだ》の如《ごと》、必ず差《い》えむ」とのりたまひき。

【21】蒲《がま》　**ガマ**　ガマ科ガマ属

池や沼に生える多年草で、根茎は泥中をはい群生する。茎の高さ一～二メートル、葉は茎より高い。六～八月に茎上に花序をつけ、雄花穂は上部にあり黄色、雌花穂は其の下部にあって長さ一〇～二〇センチメートル、雄花穂と雌花穂は密接して、その間に露出した茎はない。秋には雌花穂はいわゆる蒲の穂となる。花粉は蒲黄《ほおう》といい、血止め傷薬として用いる。オホクニヌシノ神を薬師の祖という所以である。

昔は、ガマは多くの沼や小川に生えていて、子供はその穂を取ってよく遊んだが、近年は各地が都会化し、めっきり少なくなったように思える。多くの人にとって、懐かしい植物の一つかもしれない。

●根の堅州国《かたすくに》

ヤガミヒメがオホクニヌシノ神のもとへ嫁ぐと言ったことにより、八十神はオホオクニヌシノ神を殺害しようとする。是を避けてオホクニヌシノ神は、母であるサシクニワカヒメの言葉に従い、まず紀の国へ行き、さらに八十神の追手を避けて、スサノヲノ命の坐す根の堅州国へ向かう。

オホクニヌシノ神はここで、スサノヲノ命の娘スセリビメと会い、一目で夫婦となることを誓い合った。オホクニヌシノ神は、このスサノヲノ命のもとで多くの試練を受ける。オホクニヌシノ神は、これらの試練を持ち前の勇気と知恵をもって、またスセリビメやねずみの助けを借りて切り抜け、スセリビメを娶り、八十神を追い伏せて葦原の中つ国を治めることになる。

……故爾に其の頭を見れば、呉公多《むかでさは》やりき。是に其の妻、牟久《むく》【22】の木の実と赤土《はに》とを取りて其の夫《ひこじ》に授けつ。故、その木の実を咋《く》ひ破り、赤土を含みて唾《つば》き出《いだ》したまへば、其の大神*、呉公を咋ひ破り唾き出すと以為《おも》ほして……

*スサノヲノ命

ムク　京都市左京区鴨川岸 2005.9.16
左下：果実

【22】牟久《むく》　ムク　ニレ科ムクノキ属

落葉高木、雌雄同株、高さ二〇メートル、径一メートル、樹液に有毒成分を含むという。葉は枝の両側に二列互生、有柄、鋭鋸歯をもち上面は粗い。葉脈は葉端で鋸歯に入る。花は五月新芽とともに生じる。核果は卵球状で径八～一〇ミリメートル、一〇月頃紫黒色に熟し、果肉は甘く食せるという。学名 *Aphananthe aspera* の *aspera* は「ざらざらした」の意である。牟久の木はムクロジという説もある。

●ヌナカワヒメ

このヤチホコノ神(オホクニヌシノ神)がヌナカワヒメを娶ろうとして高志国《こしのくに》に赴いたとき、ヤチホコノ神の歌に応えて、そのヌナカワヒメは次の歌を詠んだ。

八千矛《やちほこ》の　神の命《みこと》　ぬえ草の　女《め》にしあれば……
青山《あおやま》に　日が隠らば　**ぬばたま**【23】の　夜《よ》は出でなむ　朝日の　笑《え》み栄え来て　**栲**《たく》【24】綱《づの》の　白き
腕《ただむき》　沫雪《あわゆき》の　若やる胸を　そだたき　たたきまながり……

ぬばたまはヒオウギ(カラスオウギ)の実で、黒いことから黒、夜などの枕詞となる。また栲綱はカジノキの繊維で作った綱、白いことから白の枕詞となる。

【23】ぬばたま　ヒオウギ　アヤメ科ヒオウギ属

多年生草本で高さ五〇～一〇〇センチメートル程度。茎と葉は白っぽい緑色で、葉は剣状で扇状に広が

ヒオウギ　京都府立植物園(京都市) 2000.8.15　左下：種子　牧野植物園(高知市) 2000.9.29

る。茎は枝分かれして七～八月頃その先端に花を付ける。花の径は五～六センチメートルで、花弁は六枚、朱色で内側に濃い暗紅点が多数ある。蒴《さく》果《か》は倒卵形体で、秋に開裂し光沢のある黒色の球形種子を見せる。和名ヒオウギは葉が桧扇状であることから、カラスオウギは葉が扇状、種子が黒色であることによる。黒い種子をぬばたま(野羽玉)あるいはうばたま(烏羽玉)という。[漢名]射干。

　このヒオウギは写真に見るように、極めて美しい花である。しかし筆者の知るところでは、どういう訳か人家の庭に植えられることは稀である。

【24】栲《たく》　カジノキ　クワ科カジノキ属

　落葉高木で高さ一〇メートル程度、新枝には粗毛が密生する。葉柄は一五センチメートル程度になり、粗毛を密生する。葉身は多数の鋸歯があり厚くゆがんだ卵形あるいはしばしば二～五裂し変化に富み、長さ一〇～二〇センチメートル、幅は

カジノキ　京都大学フィールド科学教育センター本部試験地（京都市）2000.8.29　左下：果実

七～一五センチメートルで、表面は短毛が散在しざらつき、裏面には軟毛が密生する。五～六月、淡緑色の花を付ける。雌雄異株。雄花序は若枝の下に腋生し、有柄、尾状、雌花序は径二センチメートル程の球形で、有柄、毛のような紫色の花柱が周囲に射出する。秋に熟すと多数の赤橙色のへら状の果実が果球の表面にとび出す。枝の皮から繊維（栲、たく）をとり、紙あるいは木綿（ゆう）の材料とする。学名 *Broussonetia papyrifera* の *papyrifera* は「紙を有する」の意。コウゾはカジノキとヒメコウゾの雑種とされる。

牧野の『新日本植物図鑑』によれば、カジノキの語源は不明としながらも、コウゾの古名カゾの転化かもしれないとしているが、深津によればカジはカミ（紙）とともに、中国語の穀（kat）あるいは穀紙（kokdz）の中国音に基づくという説を有力としている。*16

アカネ　大津市国分 2000.9.15

●スセリビメの嫉妬

スセリビメはオホクニヌシノ神とヌナカワヒメの関係にたいそう嫉妬したため、オホクニヌシノ神がほとほと困惑し、出雲より倭国《やまとのくに》に上るとき詠める歌、

ぬばたまの　黒き御衣《みけし》を　まつぶさに　取り
装《よそ》ひ　沖つ鳥　胸《むな》見る時　はたたぎも　これ
は適《ふさ》はず……山縣《やまがた》に　蒔きし　**あたね**【25】
つき　染木《そめき》が汁に　染《し》め衣《ころも》を……泣かじと
は　汝《な》は言ふとも　山處《やまと》の　一本**薄**《ひともとすすき》【2】　項《うな》
傾《かぶ》し　汝《な》が泣かさまく……

【25】あたね　アカネ　アカネ科アカネ属

本州以南に普通に見られるつる性多年生草本である。つるの断面は四角で、逆刺があり、葉は心臓形で四個輪生（二つは普通葉、二つは托葉）する。

根は太いひげ状で、生のときは黄赤色、乾燥すると黒赤色となる。和名あかねは其の根の赤色に由来する。*1 秋、果実は球状に黒熟する。根は茜染めの染料として用いられる。また利尿止血、解熱強壮剤として薬効がある。学名 *Rubia cordifolia* の *Rubia* は ruber(赤い)に由来、*cordifolia* は「心臓形葉の」を意味する。

万葉集にはアカネの出てくる歌は多いが、中でも額田王の「あかねさす　紫野行き　標野行き　野守は見ずや　君が袖振る」は親しまれている。

スセリビメはオホクニヌシノ神の出達を止めようと、酒をなみなみと満たしたおおさかずき(大酒杯)を捧げて詠める歌、

八千矛《やちほこ》の　神の命や　吾《あ》が大国主《おほくにぬし》　汝《な》こそは　男《を》に坐《いま》せば……**苧**《むし》【26】衾《ぶすま》　柔《にこ》やが下に　**栲**《たく》【24】衾《ぶすま》さやぐが下に　あわ雪の若やる胸を　**栲**《たく》【24】綱《づの》の　白き腕《ただむき》……

むしぶすま(苧衾)/からむし(苧)で作った寝具、絹製の寝具という説もある。
たくぶすま(栲衾)/カジの木の繊維で作った寝具

【26】苧《むし》　カラムシ　イラクサ科マオ属

各地の原野に普通な多年生草本で、高さ一～二メートルになり群生する。昔繊維をとる目的で栽培されていたものが野生化した可能性もあるという。葉は互生し広卵形で、先端は尖り、粗い鋸歯がある。葉の上面は灰緑色、裏面は白綿毛が密生する。茎は強い繊維質でなかなか折り切れない。

カラムシ　大津市逢坂山 2005.6.26

カラムシは、茎蒸の意味で茎（から）を蒸して繊維をとることに因む。[14] マヲは真麻で、真正の麻を意味する。麻はヲと呼ばれ、緒とするからといわれる。[15]

オホクニヌシノ神は多くの妻を持ち、多くの子を持った。

此の神、**比比羅木**《ひひらき》【27】之其花麻豆美神《のそのはなまづみの》の女、活玉前玉比賣神《いくたまさきたまひめの》を娶して生める子は　美呂《みろ》浪神《なみの》。

【27】比比羅木《ひひらき》　ヒイラギ　モクセイ科モクセイ属

山地に自生する常緑小高木で、雌雄異株。葉は対生し、厚くて硬く表面に光沢がある。葉の形態に主に二種あり、一般に若木では二〜五対の鋭い大形の刺牙を持つ葉が多く、老木では全縁のもの

ヒイラギ　大津市国分 2000.11.5　右下：花

が多くなる。一一月頃白色の小さい花をつける。学名 *Osmanthus heterophyllus* の *heterophyllus* は、「異形葉の、多形葉の」の意。和名ひいらぎは疼木でひいらぐ(うずく、痛む)の意であり、葉の刺に触れると痛いからであるという。[*13・18・19] あるいはまた、刀(古くはヒという)の切っ先を集めたように見えるからともいう。[*1] ヤマトタケルノ命の東征に、天皇が比比羅木の八尋の矛を賜ったという記述がある。また、節分にはヒイラギと鰯の頭を門戸にさして鬼除とする。ひいらぎには魔除けの意味があるとされる。

●カガミブネに乗る神

大国主神、出雲の御大《みほ》の御崎《みさき》に坐《ま》す時、波の穂より天《あめ》の**羅摩**《かがみ》【28】船に乗りて、鵝《が》の皮を内《うつ》剥《はぎ》に剥《は》ぎて衣服《きもの》に為《し》て歸《より》来《く》る神有りき。

ガガイモ　大津市国分 2000.8.20

【28】羅摩《かがみ》　ガガイモ

ガガイモ科ガガイモ属

北海道、本州、四国、九州の日当たりのよい原野に普通に生えるつる性の多年生草本である。葉は対生し茎や葉を切ると乳白色の汁を出す。夏、総状に淡紫色の花をつける。白色の花をつける株もある。果実は袋状で長さ一〇センチメートル、幅二～三センチメートルである。割れると船状になるので、かがみぶねという。

ガガイモの花はよく咲くのであるが、結実は稀で、果実を見ることは少ないように思える。写真に撮れたのは幸運であった。

花　大津市国分2000.8.20

果　大津市国分2000.10.8

オホクニヌシノ神の国譲り

●アメノワカヒコ

アマテラスオホミ神はオホクニヌシノ神の治めている葦原の中つ国は、自分の子が治めるべき国であると思い、オホクニヌシノ神のもとに、次々と使いを出す。ところがその使いが悉くオホクニヌシノ神に靡《なび》いてしまう。困ったアマテラスオホミ神は、様子を探りにキジの鳴女を遣わす。

故爾に鳴女《なきめ》、天より降り到りて、天若日子《あめのわかひこ》の門《かど》なる湯津**楓**《ゆつかつら》【29】の上に居て、委曲《まつぶさ》に天つ神の詔りたまひし命《みこと》の如言《ごと》ひき。……爾に天佐具賣《あめのさぐめ》「この鳥は、其の鳴く声甚悪《こえいとあ》し。故《かれ》、射殺《いころ》すべし。」と云い進むる即ち、天若日子、天つ神の賜へりし天之**波士**《あめのはじ》【30】弓《ゆみ》、天之加久《あめのかく》矢を持ちて、其の雉《きざし》を射殺しき。

【29】楓《かつら》　カツラ　カツラ科カツラ属

落葉高木、雌雄異株で山地の水湿のある渓谷等に生える。高さ三〇メートル、径二メートルに達するものもある。葉は対生で広卵形、基部は心臓形で先端はやや丸く、ふちに鈍鋸歯がある。材は建築材、家具材、碁盤、まな板等に用いられる。

カツラの語源は「香出(カヅ)る」であるといわれている。カツラの葉は青いときは匂わないが、枯れた葉はやや重たい香を放つことに気がつく。*1・18 しかしカツラの語源は、草木を冠につけて挿頭にした鬘《かつら》によると

カツラ　京都大学フィールド科学教育センター
芦生研究林（京都府美山町）2001.9.11
右下：葉　京都市本山 2005.5.10

ヤマハゼ　湖南市菩提樹 2005.8.27　右下：果実　大津市国分 2005.9.9

言う説もある。[*17]

「はじ」はハゼノキ、ヤマウルシ、ヤマハゼ、ヌルデ等に比定されている。[*24] 牧野の『新日本植物図鑑』によれば、「はじ」はヤマハゼとしている。しかしヤマハゼには「はじ」に関連する方言はない。[*20] またハゼノキは一六世紀末南方より渡来したとされる。[*16] ヤマウルシの古名は「はじ」とされるとともに、「はじ」に関連した方言も多い。[*20] ここではヤマハゼとヤマウルシを載せる。

【30-1】波士《はじ》　ヤマハゼ　ウルシ科ウルシ属

山野に普通に生える落葉小高木。若枝は褐色の細毛が密生するが、後無毛になる。葉は奇数羽状複葉で、小葉の両面には細毛が生え、触るとやや厚みを感じる。雌雄異株。果実はやや扁平な扁形球で無毛、つやがある。秋の紅葉が美しい。学名 *Rhus sylvestris* の *sylvestris* は「森に生じる」の意。

ヤマウルシ　大津市国分 2005.8.20　左下：果実

【30－2】波士《はじ》 ヤマウルシ　ウルシ科ウルシ属

山野に普通に生える落葉小高木。葉は枝の先端に互生し、奇数羽状複葉で若葉、葉柄とも赤味がかっている。雌雄異株。核果は扁形球で硬毛を持つ。学名 *Rhus trichocarpa* の *trichocarpa* は「有毛果実の」の意。

神武紀

●東征

カムヤマトイハレビコノ命（後の神武天皇）は、兄のイツセノ命とともに高千穂宮にあって、この豊葦原の水穂国を治めていたが、その地が余りに西によっているので、二人で相談し「いずこに坐さば平けく天の下の政《まつりごと》を聞こし看《め》さむ。猶東《なおひむがし》に行かむ」と言って、日向を発ち筑紫へと向かった。二人はさらに東へと向かい、安芸の国（今の広島

ニシキギ　京都大学フィールド科学教育センター本部試験地(京都市) 2005.5.11

県)、吉備の国(今の岡山県)を経て海を渡り、河内の国へと着く。この時、トミノナガスネビコとの戦いで受けた傷がもとで、イツセノ命は紀の国で落命する。さらにカムヤマトイハレビコノ命は熊野を経て大和へと向かう。

大和で弟宇迦斯《おとうかし》を味方に付け、兄宇迦斯《えうかし》との戦いに勝ったとき、カムヤマトイハレビコノ命は次の歌をうたった。

宇陀《うだ》の高城《たかき》に鴫罠張《しぎわなは》る　我が待つや　鴫《しぎ》は障《さわ》
らず　いすくはし　くぢら障《さわ》る・前妻《こなみ》が肴乞《なこ》
はさば　立**柧棱**《たちそば》【31】の　實の無けくを……後《うは》
妻《なり》が肴乞《なこ》はさば　**柃**《いちさかき》【32】　實の多けくを……

「そば」の木については諸説ある。前川は「そば」の木にブナを、次の「いちさかき」にマテバシイを有力候補としているが、「そば」については他の可

ヒサカキ　大津市国分 2000.11.23

能性も論じられている。[*6・21] ここでは従来から言われているニシキギとする。

【31】柧棱《そば》 ニシキギ　ニシキギ科ニシキギ属

暖地の山野に生える落葉低木。枝に硬いコルク質の翼をもつ。葉は対生し、短い柄を持ち先端が尖った楕円形。五月頃淡黄緑色の小さい花をつける。秋には真紅に紅葉する。

学名 *Euonymus alatus* の *alatus* は「翼のある」の意。和名「錦木」は秋の紅葉が頗る美しいことに由来する。

【32】柃《いちさかき》 ヒサカキ　ツバキ科ヒサカキ属

低山地にごく普通に見られる、常緑の低木で、多く分枝し、多くの葉をつける。葉は光沢があり、やや厚く先端はやや丸く細かい鋸歯がある。写真に示すように、小枝から一ミリメートル程度の短い果柄をもつ径四ミリメートル程の球形の果実を異様と思えるほど多数つけ、秋には黒紫色に熟す。

ニラ　大津市国分 2005.8.20　右下：花

果実は枝の側面から下側に多くつく。
その後、兄イツセノ命を死に至らしめた、トミノナガスネビコを討とうとしたときに詠んだ歌

みつみつし　久米の子等が　粟生《あはふ》には　韮《かみら》【33】
一茎《ひともと》　そねが茎《もと》　そね芽繫《めつな》ぎて、撃ちてし止まむ

真に勇ましく強い久米の兵士らが、粟畑に生えた邪魔者の一本のニラを、芽もろとも根こそぎに引き抜くように、敵を討ち果たさずにおくものか。

又　歌《うた》曰ひけらく、みつみつし　久米の子等が　垣下《かきもと》に　植ゑし椒《はじかみ》【34】　口ひひく　吾は忘れじ　撃ちてし止まむ

真に勇ましく強い久米の兵士らが、垣根の下に

サンショウ　大津市国分 2005.6.19　右下：果実

植えた山椒の実を噛めば、口はヒリヒリ痺れ、其の恨みは決して忘れず、敵を討ち果たさずにおくものか。

【33】韮《かみら》　ニラ　ユリ科ネギ属

臭気のある多年草で、鱗茎は地上部の境まで、幾重にも濁黄褐色のシュロ状の毛で被われる。葉は扁平で線形、内側がくぼみ、外側がややふくれる。花茎には二つの稜がある。古くから栽培されている。学名 *Allium tuberosum* の *tuberosum* は「塊茎状の」の意。

【34】椒《はじかみ》　サンショウ　ミカン科サンショウ属

一般的に人家に植えられる落葉低木。葉は互生し、五～九対の小葉から成る奇数羽状複葉。小葉の先端は浅く二裂し、縁には鈍鋸歯をもつ。サンショウの葉はいろいろな料理に添えられる。また実はそのまま食べれば、この歌にあるように口がヒリヒリして痺れてしまうが、雑魚と煮ると程よい渋辛味と為る。

学名 *Zanthoxylum piperitum* の *piperitum* は「こしょうのような辛味のある」の意。

●七媛女《ななをとめ》

カムヤマトイハレビコノ命が皇后になる乙女を探しているとき、大和に神の御子と言われている美しい乙女がいることを聞いた。

七人の乙女が高佐士野《たかさじの》で連れ立って遊んでいる中に、イスケヨリヒメがいた。オホクメノ命がヒメに天皇にお仕えしないか尋ねたところ、「お仕えいたしましょう」と答えた。そのイスケヨリヒメの家は、さい河の辺にあった。「さい」はやまゆり草のこと。

是《ここ》に七媛女《ななをとめ》、高佐士野《たかさじの》に遊行《あそ》べるに、伊須氣余理比賣《いすけよりひめ》其の中《なか》に在《あ》りき。……爾に大久米命、答へて歌《う》曰《た》ひけらく、

媛女《をとめ》に　直《ただ》に遇《あ》はむと　我《わ》がさける利目《とめ》

とうたひき。故、其の孃女《をとめ》、「仕へ奉らむ」と白しき。是に其の伊須氣余理比賣《いすけよりひめ》命の家、**狹井《さい》【35】**河の上《へ》に在りき。

【35】狹井《さい》　ヤマユリ　ユリ科ユリ属

低山地に生える美しいゆりで、芳香がある。葉は長さ一〇～一五センチメートルで、短い柄を持ち互生

ヤマユリ　1994.7.12 後藤勝実氏提供

する。東北から近畿地方に分布する日本特産種[*25]。白石は『東雅』で、［ヤマユリの本名「さい」といひし事の如き、古事記に注することなからましかば、誰かは知ることを得べき。物名ひとり地方によりて、異なるのみにあらず。古今の同じからぬ、かくの如し」と言っている[*1]。我国では千数百年以上も前に書かれた書物をほぼ同じ言語で読める。このことは、誠にすばらしいことのように思える。

孝昭紀

●アメオシタラシヒコノ命

故、弟《いろと》帯日子國忍人命《たらしひこくにおしびとの》は、天の下治らしめしき。兄《いろせ》天押帯日子命《あめおしたらしひこの》は、春日臣、大宅臣、……**壹師**《いちしの》【36】君《きみ》……の祖なり。

「いちし」はヒガンバナのこととされているが、

ヒガンバナ　大津市国分 2005.9.19

細見はヒガンバナは帰化植物であり、古事記の書かれた当時日本に自生していたか不明であること、また「いちし」は白い花であること等から、エゴノキを最有力候補にあげている。[21] 一方有薗は、ヒガンバナは縄文晩期に中国長江下流域から、人によって日本に持ちこまれたとしている。[26]

【36】壹師《いちし》　ヒガンバナ　ヒガンバナ科ヒガンバナ属

田んぼの畦、墓地等民家に近いところに、秋の彼岸の頃から生える多年生植物。別名マンジュシャゲ(曼珠沙華)。葉に先立ち直立した茎の先端に赤色の花を、六~八個ほぼ水平に放射状につける。其の花の赤く群生した様子は、植物や花に興味のない人でも、見逃すことはないほどに目立つ。『日本植物方言集成』[20]によれば、この花には六〇〇近い方言がある。和名のヒガンバナは、彼岸の頃咲くことに依るが、昔からどことなく不吉な花と

ノアザミ　大津市国分 2005.9.19

みなされてきた。葉は冬でも枯れない。鱗茎には有毒成分リコリンを含むが、水で十分さらすことによって、この成分は除去できるので、救荒植物とされてきた。学名 *Lycoris radiate* の *radiate* は「放射状の」の意。

垂仁紀

●アザミノイリヒメ

又其の沼羽田之《ぬばたの》入日賣命の弟《いろと》（妹）、**阿邪美《あざみ》【37】**能伊理毘賣命《のいりびめの》を娶して、生みませる御子、……

【37】阿邪美《あざみ》　ノアザミ　キク科アザミ属

アザミの中でも最も普通な種である。五～八月に枝の頂きに、紅紫色の花をつける。春のあざみはほとんどこの種であり、草原の中に目立つ。茎の中ほどにある葉は互生し茎を抱く。ノアザミは日本の野草の中

シラカシ　近江神宮（大津市）2005.9.22

でも、最も目立つ花の一つであろうが、庭に植えるとその生彩は失われ衰えて見える。やはり野においてであろう。学名 *Cirsium japonicum* の *japonicum* は「日本の」の意。

●ホムチワケノ王

「この大神を拝むに因りて、誠に験《しるし》有らば、是の鷺巣池《さぎすのいけ》の樹《き》に住む鷺や、宇氣比《うけひ》落ちよ」とまをさしめき。……又甜白檮《あまかし》の前《さき》にある葉《は》廣熊《ひろくま》**白檮**《かし》【38】を、宇氣比《うけひ》枯らし、亦宇氣比生かしき。

【38】白檮《かし》　**シラカシ**　ブナ科コナラ属

高さ二〇メートル程に達する常緑高木。樹皮は灰黒色。葉は無毛で、裏面は灰緑色。若い葉は緑色あるいは褐紫色で、若枝も紫色を帯びる。雌雄同株。関東地方ではけやきとともに、防風林とし

ウリ　大津市国分 2005.8.13

て植えられる。果実どんぐりは子達の格好の遊び道具である。

景行紀

●ヤマトタケルノ命の西征

天皇(景行天皇)はヲウスノ命の荒々しい心と行いに怖れをなし、西の方へクマソタケル(熊曾建)を討取りに行かせる。ヲウスノ命はクマソタケル兄弟の家で行われている宴の席に、懐に剣を隠し持ち、乙女の姿をして紛れ込み、クマソタケル兄弟二人を殺してしまう。その時、弟建《おとたける》はヲウスノ命に対し、大和国の武勇に秀でた勇猛な御子を意味する倭建の名を献上した。

「信《まこと》に然《しか》ならむ。西の方に吾《われ》二人を除《お》きて、建《たけ》く強き人なし。然るに大倭《おおやまとの》国に吾二人に益《まさ》りて建き男《を》は坐しけり。是を以ちて吾御名

イチイ　京都大学フィールド科学教育センター本部試験地（京都市）2005.10.14

を献《たてまつ》らむ。今より後は倭建御子《やまとたけるのみこ》と称《たた》ふべし。」とまをしき。是の事白し訖《お》へつれば、即ち**熟瓜**《ほぞち》【39】の如《ごと》く振り折《た》ちて殺したまひき。

【39】熟瓜《ほぞち》　ウリ

『東雅』にうりの「う」は熟《うむ》の意とある。「熟めるにあらざれば噉《くら》ふべからず。特に熟めるをもて佳とするものは梅と瓜との二つ也」とある。ほぞちは甜瓜《まくわうり》の類とされる。しかし白瓜もまくわうりと同じように、古くから生食及び漬物用として、食に供されてきた可能性もある。*27 ここでは白瓜をあげる。白瓜はまず十分の塩で塩漬けにして後、酒粕につけると奈良漬として美味しく食せる。

　さらにヤマトタケルはイズモタケルを討ち取ろうと出雲に出征する。謀を持って、イズモタケルと友としての誼《よしみ》を結ぶ。そしてイチイで作った偽の刀にツヅラを沢山巻きつけ、立派な剣に見せかけ共に水浴びした後、お互いの刀を交換しだまし討ちにする。

即ち出雲国に入り坐して、其の出雲建《いずもたける》を殺さむと欲《おも》ひて到りまして、即ち友と結《な》りたまひき。故、ひそかに赤檮《いちひ》【40】以ちて、詐刀《こだち》に作り、御佩《みはかし》と為て、共に肥河《ひの》に沐《かはあみ》したまひき。……其の刀を抜きて出雲建を打ち殺したまひき。爾に御歌よみしたまひしく、

やつめさす　出雲建が　佩《は》ける刀《たち》　黒葛《つづら》【41】多纏《さはま》き　さ身《み》無しあはれ

とうたひたまひき。

八雲立つ出雲の国の　勇敢なイズモタケルが　身につけた太刀は　つづらが沢山巻いてある太刀であるけれど、中身のないことがあわれなことよ。

【40】赤檮《いちひ》　イチイ　イチイ科イチイ属

常緑高木。雌雄異株。若枝は緑色から後に褐色に変わる。葉は深緑色で線形、長さ一〇～二五ミリメートル、枝に沿って一ミリメートル程度の葉柄を持つ。種子は僅かにゆがんだ球形で、未熟のときは緑灰色の仮種皮が基部を包む。仮種皮は、種子が熟すとともに緑橙色から径一〇ミリメートル程の赤色多肉質となり、先端に径四ミリメートル程度の開口部を持ち、そこから熟した種子が見える。赤色の仮種皮は、やや粘り気があるが甘くて食せる。和名イチイは、昔この木で笏《しゃく》を作ったことから、正一位等に位階に因んでつけられたという。アララギ、オンコとも言う。オンコはアイヌ語。学名 *Taxus cuspidate* の *cuspidata*

ツヅラフジ　武田薬品工業京都薬用植物園（京都市）2005.9.27

は「急に尖った」、「突形の」の意。

【41】黒葛《つづら》　ツヅラフジ（オオツヅラフジ）

ツヅラフジ科ツヅラフジ属

葉は長い柄を持ち、互生し五または七角に鈍く尖る。柄は楯状には付かない（ツヅラフジ科で葉が楯状に付かない種は本種とアオツヅラフジである）。葉の表面はやや光沢があり、濃緑色、葉の裏面はやや白緑色を呈する。茎は若いときは緑色で艶があり硬い。茎の断面はほぼ円形で髄の外側に、放射組織と道管が放射状に並ぶ。緑色部は乾燥すると黒緑色になり、放射組織による凸凹がそのまま縦すじとなって表面に現れる。雌雄異株。シノメニンを含む。筆者はツヅラフジを、複数の薬草園で見学させてもらったが、そのいずれにも、花や実がついていなかった。

学名 *Sinomeniumu acutum* の *acutum* は「鋭形の」の意。

ノビル　大津市国分 2005.6.12

●ヤマトタケルノ命の東征

出雲から帰り休む間もなく、天皇はヤマトタケルノ命に東国の制圧を命ずる。ヤマトタケルノ命は東国の荒ぶる神、また荒ぶる蝦夷等を平定し、足柄の坂本に到る。

足柄の坂本に到りて、御《み》粮《かれひ》食《を》す処に、其の坂の神、白き鹿《か》に化《な》けて来立《きた》ちき。爾に即ち其の咋《く》ひ遺《のこ》したまひし蒜《ひる》【42】の片端《かたはし》を以ちて、待ち打ちたまへば……

また〈髪長比売〉の項に、天皇（ホムダワケノ命、応神天皇）の御歌に、「いざ子ども　野蒜《のびる》【42】摘《つま》みに　蒜《ひる》摘《つ》みに　我が行く道の　香ぐはし……」とある。

【42】蒜《ひる》　ノビル　ユリ科ネギ属

原野に普通に生える多年草。鱗茎は球形で径は一〇〜一五ミリメートル程度。葉は線形。六〜七月頃花茎が立ち先端に花序をつける。写真で黒い球形のものが珠芽である。鱗茎は食用とする。和名は野に生える蒜（ヒル）の意である。

子供の頃、春によく野草を摘みにいったが、代表的なものはツクシとノビルとセリであったように思う。その内セリとノビルはやや大人好みであり、子供は専らツクシに興じていたように思う。

この後、ヤマトタケルノ命は信濃の国を超え、尾張の国のミヤズヒメのもとに戻り、さらに息吹の山の神を討取りに行く。その時今までつけていた草薙の剣を、ミヤズヒメのもとにおいてゆく。

●ヤマトタケルノ命の死

ヤマトタケルノ命の話は、記紀の中でも最も親しまれている話の一つで、特に命《みこと》の逝く場面の描写は、多くの人の心にある種の感動を与えている。

ヤマトタケルノ命はいつになく疲れ、やっとのことで一つ松のもとに着く。

……甚疲《いとつか》れませるに因りて、御杖を衝《つ》きて稍《やや》に歩きたまひき。故、其地を號《なづ》けて杖衝坂《つえつき》と謂う。尾津《おつ》の前《さき》の一つ**松**【43】の許《もと》に到り坐ししに、……

我が国でマツといえば、クロマツかアカマツが代表的である。どちらかと言えば、クロマツは南方系で海岸地方に多く、その枝振りが雄々しくオマツとも呼ばれる。一方アカマツは北方系で内陸部に多く、その枝振りは優しげであるので、メマツとも呼ばれる。ヤマトタケルノ命が、伊吹山から何時になく疲れて尾津の崎（「紀」では尾津浜）の一本松まで来た時、以前そこに忘れた太刀がそのままあったので、「もしそ

クロマツ　大津市唐崎 2005.9.12

の松が人であったなら、その太刀を佩《は》かせ、着物も着せてやろうに……」とうたった。また、尾津の崎は海辺で、尾張に直に向かい合っているということから、この松はクロマツであろうと考え、ここではクロマツをあげる。写真のクロマツは、一本の幹の周りに枝を張り、ちょうどこの光景にふさわしい琵琶湖唐崎の一ツ松である。樹齢一五〇〜二〇〇年と推定されている。

【43】松《まつ》　クロマツ　マツ科マツ属

常緑高木。雌雄同株。樹皮は灰黒色で亀甲状の粗片に剥がれる。葉は二本が対になり、基部は褐色の鞘で被われる。民家の庭や公園にも好んで植えられる。松は縁起の良いものとされ、竹と並び日本人の生活に深く溶け込んでいる。学名 *Pinus thunbergii* の *thunbergii* は、スウェーデンの植物学者C・P・チュンベリーに因む。

ヤマトタケルノ命が三重に到り、さらに鈴鹿に到ったとき、命《みこと》の病は急に重くなり、ミヤズヒメとヒメのもとに置いた太刀に思いをかけながら死んでゆく。この知らせはすぐに早馬によって倭《やまと》へ知らされる。

是に倭に坐ます后等及《きさきたちまた》御子等《みこたち》、諸《もろもろ》下《くだ》り到りて、御陵を作り、即ち其地《そこ》の那豆岐田《なづきだ》に匍匐《は》ひ廻《もとほ》りて、哭為《なきま》して歌《うた》曰ひたまひしく、

なづき田の　稲幹《いながら》に　稲幹に　匍《ほ》ひ廻《もとほ》ろふ　**野老**《ところ》【44】蔓《つら》

とうたひたまひき。是に八尋白智鳥《やひろしろちどり》に化《な》りて、天《あめ》に翔《かけ》りて濱に向きて飛び行でましき。爾に其の后又御子等、其の**小竹**《しの》【45】の苅杙《かりくい》に、足きり破れども、其の痛きを忘れて、哭《な》きて追ひたまひき。

オニドコロ　大津市国分 2000.10.14

【44】野老《ところ》　**オニドコロ**　ヤマノイモ科ヤマノイモ属

山野に普通に生えるつる性の多年草。葉は互生し、長い柄を持つ。茎、葉とも無毛。雌花序は葉腋

メダケ　京都大学フィールド科学教育センター上賀茂試験地（京都市）2005.7.12

から下垂する。蒴果《さくか》は有柄で三翼があり、各翼に普通二個の有翼の種子を含む。学名*Dioscorea tokoro*の*tokoro*は日本名である。根茎からひげ根が多く出るので、ひげの老人にたとえ、野老と書いてところと読ませた。[14]

『東雅』に「しの」とはイネ科の竹、笹類の竹の内、細く多数叢生するものの称とある。ここではメダケをあげる。

【45】小竹《しの》　メダケ　イネ科メダケ属

女竹と書く。稈は直立し、上部の節から多くの枝を出し、五～八枚の葉をつける。葉鞘口縁に淡褐白色の肩毛をもつ。肩毛は稈とほぼ平行に立ち、数ミリメートルから長いもので五ミリメートル程度になる。枝の出ない下部の節には稈を包む長い鞘が残る。葉舌は一ミリメートル以内で、やや緑色を帯びた褐色、上端はやや下に凸の切形。葉脈は縦平行脈を結ぶ横脈があり、光に照らすと縦、横脈が透けて見え、あみだくじ状になる。これは竹、笹類に共通した特性か否か不明であるが、筆者の確認したところ、日本産の多くの竹、笹類に観察された。学名*Pleioblastus simonii*の*simonii*は「採集者シモンの」の意。

仲哀紀

●神功皇后の新羅征討

タラシナカツヒコノ天皇(仲哀天皇)がクマソを討とうとして筑紫に留まっているときに、その大后、オキナガタラシヒメノ命(神功皇后)は神懸りとなり、天皇の死後、新羅を帰服させる術を授かる。それに従い軍を整え船を新羅に向かって進めた。

ヒョウタン　大津市国分 2005.8.15

……悉に幣帛《みてぐら》を奉り、我が御魂《みたま》を船の上に坐《ま》せて、**眞木《まき》**【20】の灰を**瓠《ひさご》**【46】に納《い》れ、亦箸及**比羅傳《ひらで》**【47】を多《さは》に作りて、皆皆大海に散らし浮かべて渡りますべし」とのりたまひき。

眞木はマキ科の常緑高木あるいはヒノキとする説がある。

【46】瓠《ひさご》　ヒョウタン　ウリ科

つる性の一年生草本で、全体に毛がある。ユウガオの一変種である。花は白色。葉は互生し柄が

カシワ　武田薬品工業京都薬用植物園（京都市）2005.9.27　左下：果実

ある。果実は中央付近がくびれ、はじめ白毛に被われるが、果皮が硬くなるにつれて無毛となる。果皮が柔らかいうちは、生のままあるいは奈良漬等にして食せる。

「ひらで」は葉盤（ヒラデ）あるいは葉椀（クボテ）である。かしわは炊葉の意味で、食物を盛る葉という意味である。昔は食物を盛る葉をすべて「かしわ」と呼んだ。[*1] これらには、柏、奈良柏、赤目がしわ、ほおがしわ（ほおのき）、みつながしわ等がある。またかしわは、〈髪長比売〉の項でも「髪長比売に大御酒の柏《かしは》【47】を握《と》らしめて　其の太子に賜ひき。」とある。ここではカシワをあげる。

【47】比羅傳《ひらで》・柏《かしは》　カシワ　ブナ科コナラ属落葉高木。雌雄同株。葉は互生し枝先に集まり、淡褐色の毛の密生する極めて短い柄がある。葉は紙質で表面はざらつき、縁には波状の大形鈍鋸歯がある。堅果は球形かやや長楕円体で、殻斗は褐

クヌギ　京都府立植物園（京都市）2000.7.19

色の細長い反り返った鱗片で被われる。学名 *Quercus dentate* の *dentata* は「歯状の」の意。

●オシクマノ王の反逆

大后とその子ホムダワケノ命（後の応神天皇）が大和へ帰る道筋で、カゴサカノ王とオシクマノ王が反乱を起こす。

爾に香坂王《かごさかの》、**歴木《くぬぎ》**【48】に騰《のぼ》り坐《い》て是《み》るに、大きなる怒猪《いかりい》出て、其の歴木《くぬぎ》を堀《ほ》りて、即ち其の香坂王を咋《く》ひ食《は》みき。

【48】歴木《くぬぎ》　クヌギ　ブナ科コナラ属

山野に普通に生える落葉高木。樹皮には深い裂け目がある。葉は互生、則脈は直線的に針状の細い鋸歯に入る。葉柄は長いもので三センチメートル程度に達する。堅果は径二センチメートル程度の大形でほぼ球形、それを包む殻斗は幅一ミリメートル程度のひれ状の鱗片が密生する。雌雄同株。古名は「つるばみ」と言う。ケヤキと並んで武蔵野を構成する主要な樹種の一つである。学名 *Quercus acutissima* の *acutissima* は「最も鋭い」の意。
筆者は武蔵野の真っ只中の町に生まれ育ち、高等学校卒業まではその中を自由気ままに走り回っていた。武蔵野は平坦な地にクヌギ、コナラ、ケヤキ、エノキ等が生えており、虫や植物を追い求めるにはもってこいの場所である。西国から出てきた国木田独歩が感動し、著書『武蔵野』にも記しているように、武蔵野を歩くには方角を気にする必要はない。如何なる方向に歩いていっても、溝にはまることさえ気をつければ、必ず道か畑か農家の庭先に行き当たるのである。それが武蔵野であった。

応神紀

●ヤカハエヒメ

一時《あるとき》、天皇近っ淡海の国に越え幸《い》でまし時、宇遅野《うぢの》の上に御立《みた》ちしたまひて **葛**《かつ》【49】野《の》を望《みさ》けて
歌《うた》曰ひたまひしく、
千葉の葛野《かづの》を見れば　百千足《ももちだ》る　家庭《やには》も見ゆ　国の秀《ほ》も見ゆ
とうたひたまひき。

遥かに緑豊かな葛野を望めば、数百数千の家々も見え、また国のすばらしいところも見えてくる。

クズ　大津市国分 2005.8.20

そして小幡村に到り、美しい乙女に会う。

故、小幡《こはたの》村に到り坐しし時、麗美《うるは》しき嬢子《をとめ》、其のちまたに遇《あ》ひき。

……佐佐那美路《ささなみぢ》を　すくすくと　我《あ》が行《い》ませばや　木幡の道に　遇《あ》はしし嬢子《おとめ》　後姿《うしろで》は小楯《おだて》ろかも　歯並《はな》みは椎《しい》【50】菱《ひし》【51】如《な》す……三つ栗【52】の　その中つ土《に》を　かぶつく　眞《ま》火《ひ》には当《あ》てず　眉畫《まよがき》き　濃《こ》に畫《か》き垂《た》れ……

【49】葛《くつ》　クズ　マメ科クズ属

山野、路傍に極めて普通に生える、繁殖力旺盛の大形のつる性多年草。茎、葉柄ともに全体に褐色の毛がある。葉は三出複葉で、長い柄がある。葉柄の付け根は膨らみ葉枕があり、九〇度ほど容易に曲がる。これはマメ科植物によく見られる、葉の睡眠運動を行う運動器官である。初秋に赤紫色

スダジイ　鳥取県琴浦町 1999.3.27
右下：果実　大津市国分 2005.10.21

ヒシ　琵琶湖木浜(守山市) 2005.6.12　右下：果実 2005.9.24

の花を多数持つ総状花序をつける。根は薬用になり、くず粉を作る。また、花を乾燥したものは二日酔いの薬になるという。試してみたが、確かに艶なる香りを発するが、効き目の程は明らかでない。

【50】椎《しい》　スダジイ　ブナ科シイ属

暖地に生える常緑高木で、イタジイ、ナガジイとも言う。樹皮は黒灰色、葉は枝の両側に二列に配列し有柄互生、先は尾状に細く尖る。表面は革質で、裏面には褐色の細毛が密生し鈍く光る。堅果は長円錐形で黒褐色、果肉(子葉)はやや透明度を帯びた白色で、そのまま食用になる。

写真は推定樹齢一〇〇〇年といわれている、昭和一二年(一九三七)国の天然記念物に指定された伯耆(ほおき)の大椎である。この椎は東伯町(現在は琴浦町)宮場宮の加勢蛇川沿の静かな場所に、どっしりと鎮座している。尚、加勢蛇川流域には八俣《やまた》のヲロチ伝説もある。

クリ　大津市国分 2005.8.21

【51】菱《ひし》　ヒシ　ヒシ科ヒシ属

池や沼に生える。葉は茎の先端に集まり、放射状に出て水面に浮かび、全体が菱形状に広がる。葉柄は中央部分が膨らみ、水に浮きやすくなっている。夏に白色の花をつけ、後に頂きと左右に刺のある緑色の核果となる。核果はゆでて美味しく食せる。果柄はスポンジ状。

【52】栗《くり》　クリ　ブナ科クリ属

里山付近から山地に生える落葉高木。葉は有柄互生し、枝の両側に二列に並ぶ。側脈はほぼ平行に並び、葉縁で鋸歯に入る。鋸歯はやや鋭く尖るがくぬぎほどは尖らない。堅果は鋭い棘のあるいがに包まれ、熟すといがが四裂し、褐色の堅果がとびだす。多くの栽培品があるが、自生の栗の堅果は径一センチメートル程度である。食用になる。約五〇〇〇年ほど前の縄文時代の生活遺跡である、青森県の三内丸山遺跡から、多くのクリの外皮が

ジュンサイ　深泥池（京都市）2005.5.17

発掘されたが、DNA分析の結果、当時のクリに何らかの栽培手段による、人の手が加わっていることが強く示唆されている。[*28] 学名 *Castanea crenata* の *crenata* は「円鋸歯状の」の意。

●カミナガヒメ

天皇が日向の国から召した美しいカミナガヒメを、その太子オホサザキノ命に賜ったときに詠んだうた。

水溜《みずたま》る　依網《よさみ》の池の　堰《い》杙《ぐい》打《う》ちが　挿しける知らに　**蓴**《ぬなは》【53】繰《く》り　延《は》へけく知らに　我が心しぞ　いや愚《をこ》にして　いまぞ悔しき

とうたいひたまひき。

【53】蓴《ぬなは》　**ジュンサイ**　スイレン科ジュンサイ属池や沼に生える多年生水草。葉は楕円形で互生し、楯状に葉柄がつき、上面は緑色でやや光沢が

初夏の深泥池（京都市）2005.5.17

あり、下面は赤紫色である。葉の下面及び若い葉は寒天様の透明ゲルに被われる。まだ開く前のゲル状物質に被われた葉を食用にする。写真は国指定の天然記念物（昭和二年（一九二七）指定）である、京都洛北の深泥池に自生しているジュンサイである。上の写真に示すように、深泥池は約九ヘクタール程の小さな池であるが、浮島もあり貴重な植物も生息している。水面はジュンサイに覆れ、手前のイネ状の植物はマコモである。

●オホヤマモリノ命の反逆

オホヤマモリノ命は父天皇の死後、其の命に従わず、天の下を治めようと欲し、弟のウジノワキイラツコの命を奪おうとする。オホサザキノ命から知らせを受けたウジノワキイラツコは、偽の御子を立て、自らはみすぼらしい衣をつけ、船の舵取りの姿をして、オホヤマモリノ命が川を渡るときのために、舟の底のすのこにサネカヅラのぬる

サネカヅラ　大津市国分 2000.11.23　右下：花　2005.9.9

ぬるとした汁を塗って準備を整えた。このように、オホヤマモリノ命はウジノワキイラツコの策略にかかり、逆に殺されてしまう。

……詐《いつわ》りに舎人《とねり》を王《みこ》にして、…既に王子《みこ》の坐《ま》す所の如くして、更に其の兄王《あにみこ》の河を渡らむ時の為《ため》に、船舵《ふなかじ》を具《そな》へかざり、**佐那葛**《さなかづら》【54】の根をつき、その汁の滑《なめ》を取りて、其の船の中の簀椅《すばし》に塗りて……其の王子《みこ》は、布《ぬの》の衣《きぬ》褌《はかま》を服《け》して、既に賤《いや》しき人《ひと》の形《すがた》に為《な》りて……爾に其の骨《かばね》を掛《か》き出《いだ》しし時、弟王《おとみこ》歌《うた》曰ひたまひしく、

ちはやひと　宇治《うじ》の渡《わたり》に　渡り瀬《ぜ》に　立てる**梓**《あづさ》【55】弓《ゆみ》**檀**《ま》**弓**《ゆみ》【56】　い伐《き》らむと　心は思《も》へど……

ミズメ　京都大学理学部植物園（京都市）2005.5.11　左上：幹
左下：果実　京都大学フィールド科学教育センター芦生研究林（京都府美山町）2000.9.12

【54】佐《さ》那《な》葛《かづら》　サネカヅラ　モクレン科　サネカヅラ属

山野に生える常緑のつる性木本。葉はやや厚みがあり有柄で互生する。葉柄は暗赤褐色。雌雄異株。夏の終わりから初秋に淡黄白色の花をつけ、その後五ミリメートル程度の液果となり、秋には肥大し赤く熟す。果柄は四センチメートル程度ある。サナカヅラ、ビナンカヅラとも言う。また樹皮から粘液をとり、和紙の抄紙に使う。

【55】梓《あづさ》　ミズメ　カバノキ科カバノキ属

低中山地にみられる落葉高木。樹皮は灰黒褐色で、長さ数センチメートルの横状に付く皮目が目立つ。また細枝は艶のある赤褐色で、白褐色の皮目が点在する。葉は有柄、枝の先端では互生し、中間では短枝に二葉づつ付く。葉は若いときは有毛、後表面は無毛、裏面は脈状にのみ残る。葉柄は一～二・五センチメートルで有毛。枝を折るとサロ

マユミ　京都大学理学部植物園（京都市）2005.5.11

メチール風の臭気がある。この為かヨグソミネバリとも呼ばれる。学名 *Betula grossa* の *grossa* は「大きい」、「太い」の意。

【56】**檀弓**《まゆみ》　マユミ　ニシキギ科ニシキギ属

山野に生える落葉低木。葉は有柄で対生する。雌雄異株。葉質は薄く、縁に細かい鈍鋸歯を持つ。裂果は丸四角で径一センチメートル程度、熟すと淡紅色となり四個に深く裂け赤い種子を露出する。学名 *Euonymus sieboldianus* の *sieboldianus* はシーボルトの名に因む。

日本名マユミは昔この木で弓を作ったことに因るとされる。[*14]『東雅』では檀の字を宛てている。

●紅葉の神と霞の神

……具《つぶ》さにその母に白せば、即ち其の母、**布**《ふ》**遅葛**《ちかづら》【57】を取りて、一宿《ひとよ》の間に、衣褌及襪《きぬはかまたしたくつ》沓《くつ》を織り縫ひ……

フジ　大津市国分 2005.5.7

【57】布《ふ》遅《ぢ》葛《かづら》　フジ　マメ科フジ属

山野に普通に生えるつる性の落葉低木。つるは左巻きに巻きついて伸びる。本種に近縁のヤマフジのつるは右巻き。葉は奇数羽状複葉で互生し、小葉には三ミリメートル程度の柄があり、葉質は薄い。秋には長さ一五〜二四センチメートル程の豆果を付け、果皮はかたく細毛で覆われ灰緑色を呈する。冬にぱちぱち音を立ててはじけ、種子を飛ばす。学名 *Wistaria floribunda* の *floribunda* は「花の多い」の意。

　ちなみに、つるの右巻きか、左巻きかを決める方法は二通りある。①自分から離れる方向に、右巻きに離れていくの(右ネジの進む方向)を右巻き、左巻きに離れていくのを左巻きとする方法、②はこの逆で、自分に左巻きに近づいてくる巻き方を左巻き、右巻きに近づくのを右巻きとし、左右は

①の方法の逆になる。本書では①の方法に従っている。平凡社の図鑑[29]では、①の方法により、牧野[29]及び保育社[30]の図鑑では②の方法によっている。図参照。この定め方だと植物の根あるいは生長方向の区別を考える必要はない。

つるの巻き方はラセンである。ラセンは自然界では植物の他に多くの分野で見られる特性であり、身近には巻貝がある。更に微視的世界には、蛋白質や多糖分子のラセン構造がある。これらは生命現象とも密接に関連している。分子のラセンの左右の呼び方は、方法①に従っている。生物あるいは植物の分野でも統一されることが望まれる。

仁徳紀

●皇后の嫉妬・クロヒメ

オホサザキノ命(仁徳天皇)の皇后イハノヒメノ命(大后)は大層嫉妬深く、クロヒメは其の妬みを畏れて、故郷の吉備国へ逃げ下ってしまう。

是に天皇、其の黒日売《くろひめ》を恋ひたまひて、大后《おおきさき》を欺きて曰《の》りたまひしく、「淡道島《あはじしま》を見むと欲《おも》ふ」とのりたまひて、幸行《い》でましし時、淡道島に坐して、遥《はろばろ》に望《みさ》けて歌曰《うた》ひたまひしく、

おしてやる　難波の崎よ　出で立ちて　我が国見れば　淡島《あわしま》　自凝島《おのごろしま》　檳榔《あじまさ》【58】の　島も見ゆ放《さけ》つ
島見ゆ

ビロウ　足摺岬(高知県土佐清水市) 2000.9.29

また「あじまさ」は〈垂仁紀〉にも現れ、ホムチワケの王の口がきけないことが、出雲の大神を拝むことによって、口が利けるようになったことを、

……聞き歓《よろこ》び見喜びて、御子をば檳榔《あじまさ》の長穂宮《ながほのみや》に坐せて、……

とある。しかしここでの「あじまさ」は地名か長穂の枕詞か、その意味は不明とされている。

【58】檳榔《あじまさ》　ビロウ　ヤシ科ビロウ属

四国以南の暖地に自生する常緑高木で、シュロより太く直立し、分枝しない。葉はシュロに似て、直径一メートル程度で掌状に多数分裂する。葉は笠、団扇等に用いられた。また古くは牛車の装飾に用いられた(檳榔毛《びろうげ》の車(『広辞苑』))。雌雄異株。足摺岬はびろうの自生北限地である。学名 *Livistrona chinensis* var. *subglobosa* の *subglobosa* は「やや球形の」の意。ただしビロウは、享保五年(一七二〇)長崎に来る、との説もある。[*11]

●ヤタノワキイラツメ

大后がミツナガシワを取りに行っている間に、「天皇は大后の留守をよいことに、ヤタノワキイラツメを側に置き、昼夜となく戯れ遊んでおられる」と伝え聞いて、

此れより後時、大后豊楽《おおきさきとよのあかり》したまうとして、**御綱柏**《みつながしは》【59】を採りに、木国《きの》に幸行《い》でまし間に、天皇、八田若郎女《やたのわきいらつめ》と婚《まぐは》ひしたまひき。是に大后、御綱柏を御船に積み盈《つ》てて、還《かえ》り幸《い》でます時、……後《おく》れたる倉人女《くらびとめ》の船に遇ひき。乃ち語りて云ひしく、「天皇は、此日《このごろ》八田若郎女と婚したまひて、晝夜《ひるよる》戯れ遊びますを、……

此れを聞いた大后は大層恨み怒り、船に積んであった「みつながしわ」を、すべて海に投げ捨ててしまう。「みつながしわ」はオオタニワタリの他に、ウコギ科の常緑樹カクレミノとする説もあるが、後者は奈良近辺にも自生しているので、わざわざ紀州へ採りに行く必要もないという見方から、ここではオオタニワタリをあげる。[*31]

【59】御綱柏《みつながしは》　**オオタニワタリ**　チャセンシダ科チャセンシダ属

温暖地の山林中に生える大形多年生草本で、樹上あるいは岩上に生育する。葉は厚く、長さ一メートル程度になる。胞子嚢群は葉脈に沿い、葉縁近くまで達する。[*31・32] 数年前マレーシアに行ったとき、ゴムの木やアブラヤシの樹上に、このオオタニワタリが多数自生しているのを見かけた。学名 *Asplenium antiquum* の

オオタニワタリ　牧野植物園（高知市）2000.9.29

antiquum は「古代の」の意で、古事記のこの記載に因む[*31]。そして

其の御船を引き避《よ》きて、掘江にさかのぼり、河のまにまに山代に上り幸《い》でましき。この時歌《うた》曰《ひ》ひたまひしく、

つぎね【60】ふや　山代河《やましろかわ》を　河上《かわのぼ》り　我《あ》が上れば　河の邊《べ》に　生《お》ひ立《だ》てる　**鳥草**《さし》**樹**《ぶ》【61】を　鳥草樹《さしぶ》の木　其れ下に　生ひ立てる　葉廣《はびろ》　五百箇《ゆつ》眞《ま》**椿**《つばき》【62】……

とうたひたまひき。

やましろの枕詞である「つぎねふ」に因む植物は、早春樹下に咲くセンリョウ科のヒトリシズカとされている。ヒトリシズカは如何にも風情のある、筆者も好きな植物である。高校生の頃、秩父の低山地から採ってきて、自宅の庭に植えていた

ハナイカダ　京都府立植物園（京都市）2005.6.4

ヒトリシズカが毎年少しづつ増えながら、早春に可憐な花をつけていたことを思い出す。一方、前川は「つぎねふ」を探して、ハナイカダにたどり着く過程を、其の著書の中で詳しく述べている。[*6]ここでは、ハナイカダをあげる。

【60】つぎね　ハナイカダ　ミズキ科ハナイカダ属

山地のやや湿った場所に生える落葉低木。雌雄異株。初夏の頃、葉の中央付近より少し柄に近い所に、短緑色の花をつける。花後、緑色の核果となり黒く熟す。若い葉は食せるという。

【61】鳥草樹《さしぶ》　シャシャンボ　ツツジ科スノキ属

低山地に普通に生える常緑低木。葉は枝の両側に二列に互生し、短い柄を持つ。柄は赤褐色か基部に僅かに赤褐色を残す。葉の縁には小さな鋸歯がある。側脈は葉の縁付近で結合し、鋸歯に入ら

シャシャンボ　京都大学理学部植物園（京都市）2005.7.8　右下：花

ない。六～七月頃総状花序に釣鐘上の小さな花をつける。果実は液果となり、径六ミリメートル程の球形、秋に黒紫色に熟し甘酸っぱく食せる。牧野によれば、和名しゃしゃんぼは実が小さく丸いことから、小小《しゃしゃ》ん坊といわれる。[*14] 学名 *Vaccinium bracteatum* の *bracteatum* は「包葉のある」の意。

【62】椿《つばき》　ヤブツバキ　ツバキ科ツバキ属

低山地に普通に生える常緑高木。葉は一センチメートル程度の柄を持ち、互生し革質で厚い。縁には細かいが鋭い鋸歯がある。多くの園芸品種がある。学名 *Camellia japonica* の *japonica* は「日本の」の意。写真はツバキの花の季節も既に過ぎた頃、一つ寂しく咲いていた花である。どんな分野にも、時期はずれというか、出遅れと言うか、遅咲きと言う、そうゆうものがあるのだなーと変に感心したものである。

このように歌って、大后はしばらくは山城の国

ヤブツバキ　宝ケ池畔（京都市）2005.6.4

の綴喜の韓人　ヌリノミ（奴理能美）の家に泊まった。天皇は大后が山代から帰らないことを聞いて、人を遣わして幾度となく歌を送った。大后はそれでも帰ろうとしないので、周囲の者たちの計らいで、大后はヌリノミの飼う一度《ひとたび》は匍《は》ふ虫になり、一度は鼓《つづみ》になり、一度は飛ぶ鳥になる、「三色《みくさ》に変《かは》わる奇《あや》しき虫」（蚕）を見たいために来たので、それ以外の意図はない、ということにした。ここで天皇もその奇しき虫を見たいと思い、難波の高津の宮から山代へ上った。

「紀」には次のようにある。

天皇、浮江《かはふね》より山背《やましろ》に幸《いでま》ます。時に桑《くわ》【63】の枝《き》、水《みず》に沿《したが》ひて流る。……

【63】桑《くわ》　クワ　クワ科クワ属

落葉高木。養蚕の盛んな頃は、各地で畑や山麓

クワ　京都府立植物園(京都市) 2005.6.4　右下：果実

に栽培されていたが、カロザースによる世界最初の合成繊維ナイロンの発明(一九三六年)以来、日本の絹産業は衰退し、近年ではほとんど桑畑を見ることはできない。葉は有柄互生し、鋸歯があり、卵形であるがしばしば三～五裂する。葉の表面はざらつく。学名 *Morus bombycis* の *bombycis* は「蚕の」、「絹糸の」の意。現在ではヤマグワとマグワに区別されているが、写真のものは、そのどちらか定かでないので、ここでは牧野の『新日本植物図鑑』に従い、クワとする。

天皇、八田若郎女を恋ひたまひて、御歌を賜ひ遣はしたまひき。

八田《やた》の　一本《ひともと》**菅**《すげ》【64】は　子持たず　立ち荒れなむ　あたら菅原《すがはら》　言《こと》をこそ　菅原と言はめ　あたら清《すが》し女《め》

【64】菅《すげ》　カサスゲ　カヤツリグサ科スゲ属

水辺に生える大形の多年草。高さ一メートル程になる。茎は三つの鋭い稜がある。昔このすげで、蓑や笠を作ったのでこの名がある。学名 *Carex dispalata* の *dispalata* は「分割した」の意

カサスゲ　京都府立植物園（京都市）2005.6.4

履中紀

●スミノエノナカツ王の反逆

スミノエノナカツ王が天皇の命を奪おうとして大殿に火を放った。アチノアタへは天皇を救い出し、倭《やまと》へと向かった。

爾《ここ》に其の弟《いろと》墨江中《すみのえのなかつ》王、天皇を取らむと欲《おも》ひて、火を大殿に著《つ》けき。是《ここ》に倭《やまと》の漢直《あやのあたへ》の祖《おや》、阿知直《あちのあたへ》盗み出して、御馬《みま》に乗せて倭《やまと》に幸でまさしめき。故、**多遅比**《たじひ》【65】野《の》に到りてさめまして、「此間《ここ》は何処《いづく》ぞ」と詔りたまひき。

イタドリ　大津市国分 2005.9.12

【65】多遅比《たじひ》 **イタドリ**　タデ科イタドリ属

山野に極めて普通に生える大形の多年生草本。茎は中空の円柱形で、若いときは赤紫斑がある。葉は有柄互生。夏に葉腋から総状花序を出し、小さな白色の花を多数つける。春、筍状の若い茎を食用にする。学名 *Reynoutria japonica* の *japonica* は「日本の」の意。

允恭紀

●カルノ太子とカルノオホイラツメ

天皇崩御の後、キナシノカルノ太子が天皇に即位することになっていたが、其の即位の前に、同腹の妹、カルノオホイラツメと遇い通じてしまう。

笹葉《ささば》に　打つや霰《あられ》の　たしだしに　率寝《いね》て
む後は　人は離《か》ゆとも　愛《うるは》しとさ寝しさ
寝てば　刈**薦**《かりこも》【66】の　乱れば乱れ　さ寝しさ寝し

マコモ　琵琶湖木浜(守山市) 2005.7.12　左下：花

さ寝てば

是を以ちて百官《もものつかさ》及《また》天の下の人等《ひとども》、軽太子《かるのひつぎのみこ》に背きて、穴穂御子《あなほのみこ》(後の安康天皇)に歸《よ》りき。後亦恋ひ慕《しの》ひ堪《あ》へずて、追ひ往きし時、歌《うた》曰ひたまひしく、

君が往《ゆ》き　け長くなりぬ　**山たづ**【67】の
迎へを行かむ　待つには待たじ

【66】薦《こも》　マコモ　イネ科マコモ属

水辺に群生する大形の多年草。葉の幅は二〜三センチメートル、長さは一メートル程になり、表面はざらつき裏面は滑らかである。淡褐色の葉舌を持つ。茎はやや平たい円筒形で節があり、根本は赤褐色を帯びる。夏から秋に長い円錐花序を出す。上部の雌性部は淡緑黄色、下部の雄性部は淡紫色を帯びる。中国江南地方では、茎を食用にする。学名 *Zinzania latifolia* の *latifolia* は「広葉の」の意。

ニワトコ　京都大学理学部植物園（京都市）2005.6.3

【67】山《やま》たづ　ニワトコ　スイカヅラ科ニワトコ属

落葉小高木。奇数羽状複葉、葉は対生し、葉柄を持つ。葉柄の上面は僅かにくぼむ。葉柄の付け根付近は暗赤紫色を帯びる。小葉は短い柄を持ち、縁には細かい鋸歯がある。核果は六～八月暗赤色に熟す。「やまたづ」は造木（ミヤツコギ）とある。造木は接骨木（にわとこ）の古名である。[*33] 「やまたづ」は迎への枕詞である。葉が対生するので、迎えの枕詞になったと言われる（岩波書店古事記補注一五四）。学名 *Sambucus racemosa* の *racemosa* は「総状花序の」の意。

安康紀

●押木《おしき》の玉縵《たまかづら》

天皇は同母の弟、オホハツセノ王子（後の雄略天皇）のために、根臣をオホクサカノ王のもとに遣わ

アザザ　京都府立植物園（京都市）2005.6.4

せて、その王の妹ワカクサカノ王をオホハツセノ王の妻にもらいたいと申し出た。オホクサカノ王は大層歓び、四度頭を下げてその申し出を受け入れた。

「汝命《いましみこと》の妹《いろも》、若日下《わかくさかの》王を、大長谷王子《おほはつせのみこ》に婚《あ》はせむと欲《おも》ふ。故、貢るべし」とのらしめたまひき。……即ち其の妹の礼物《あやじろ》と為《し》て、押木《おしき》の玉縵《たまかづら》を持たしめて貢献《たてまつ》りき。根臣、即ちその礼物《あやじろ》の玉縵《たまかづら》盗み取りて、……

「紀」には、……其の醜《みにく》きことを嫌《きら》ひたまわずして、**をみなめ**【68】の数《かず》に満《つか》ひたまはむとす。……とある。

【68】をみなめ　アサザ　ミツガシワ科アサザ属

池や沼に生える多年生水草。葉は基部の膨らんだ長い柄を持つ。夏、黄色の花を水面上に開く。学名 *Nymphoides peltata* の *peltata* は「小楯状の」の意。

雄略紀

●引田部《ひけたべ》の赤猪子《あかいこ》

ある時天皇が三輪山の辺りに、遊びに出たとき、川辺で衣を洗っている美しい童女をみつけた。天皇はその乙女に声をかけ「そなたは嫁がずにおれ。近いうちに召すであろう」と言い置いて宮へ帰った。しかしそのまま時が過ぎ、この乙女は既に八〇歳を過ぎてしまった。

……天皇其の童女《をとめ》に問ひたまひしく、「汝《な》は誰の子ぞ」ととひたまへば、答へて白ししく、「己が名は引田部《ひけたべ》の赤猪子《あかいこ》と謂ふぞ」とまおしき。爾に詔らしめたまひしく「汝《な》は夫《を》に嫁《あ》はざれ。今喚《め》してむ」とのらしめたまひて、宮に帰り坐しき。その赤猪子、天皇の命《みこと》を仰ぎ待ちて、既に八十歳《やそとせ》を経《へ》き。……

また歌曰ひけらく、

日下江《くさかえ》の　入江の**蓮**《はちす》【69】　花蓮《はなはちす》　身の盛《さか》り人《びと》　羨《とも》しきろかも

とうたひき。

【69】蓮《はちす》　**ハス**　ハス科ハス属

大型の水生植物。夏に花茎の頂に淡紅色の大型の花をつける。根茎を食用とするために、各地で栽培さ

ハス　古河総合公園(古河市) 2004.7.18

れる。葉は直径四〇～五〇センチメートル程になり、中央付近に楯状に柄がつく。葉の中央がくぼむ。古く中国から渡来したとされているが、沖積層から、果実の化石が出土している。[*25]

写真は昭和二六年(一九五二)に千葉県検見川で発見され、大賀一郎博士により、約二〇〇〇年前(弥生時代)のハスの種子であると鑑定されたものの子孫である。

●葛城山《かづらきやま》

ある日、天皇が葛城山に登られたとき。そこに大猪が現われた。

天皇鳴鏑《なりかぶら》を以ちて其の猪を射たまひし時、其の猪怒りて、宇多岐《うたき》依《よ》り来つ。故、天皇其の宇多岐を畏みて、**榛**《はりのき》【70】の上に登り坐《ま》しき。

ハンノキ　京都大学理学部植物園（京都市）2005.5.13　右下：果実　京都府立植物園（京都市）2005.9.3

【70】榛《はりのき》　ハンノキ　カバノキ科ハンノキ属

落葉高木。湿地を好み、よく田圃の畦に植えられていた。雌雄同株。葉は互生し、やや剛質で葉柄を持つ。葉脈は葉の裏面で突出し、側脈は分岐し鋸歯の上部に入る。冬芽は短い柄を持ち、赤褐色に艶がある。球果は楕円形で、楔形の果鱗が重畳する。球果を染料に使う。

●長谷《はつせ》の百枝槻《ももえつき》

又天皇、長谷《はつせ》の百枝**槻**《ももえつき》【71】の下に坐しまして、豊楽《とよのあかり》為《し》たまひし時、伊勢の国の三重の婇《うねべ》、大御盞《おほみうき》を指挙《ささ》げて献りき。爾に其の百枝槻の葉、落ちて大御盞に浮かびき。

【71】槻《つき》　ケヤキ　ニレ科ケヤキ属

落葉高木、高さ三〇メートル程になる。葉は互生し葉柄を持ち、鋸歯がある。材は木目が美しく、

ケヤキ　京都市左京区鴨川岸 2005.9.16
右下：果実 2005.8.19

建築材、彫刻、家具等に重用される。「つき」はケヤキの古名。学名 *Zelkova serrata* の *serrata* は「鋸歯のある」の意。

顕宗紀

●置目《おきめの》老嫗《おみな》

この天皇の父イチノベノオシハノ王は、かつて淡海の国の久多綿というところで、しし（鹿、いのしし）狩りの最中に、オホハツセノ王（後の雄略天皇）によって、あらぬ疑いをかけられ殺されてしまう。亡骸は切り刻まれ馬のかいば桶に入れられ、しかも埋めた場所がわからないように土を平らにして埋められた。

此の天皇、其の父王市邊《ちちみこいちのべ》王の御骨《みかばね》を求めたまふ時、淡海《あふみの》国に在《あ》る賤《いや》しき老嫗《おみな》、参出《まいで》て白しけらく、「王《み》子《こ》の御骨《みかばね》を埋《うづ》みしは、専《もは》ら吾《あれ》能《よ》く知れり。亦其の御歯を以ちて知るべし。御歯は三枝《さきくさ》【72】の如き押歯*に坐しき」

*押歯（おしは）／八重歯の古語

【72】三枝《さきくさ》　ミツマタ　ジンチョウゲ科ミツマタ属

ヒマラヤ原産の落葉低木で、我が国には古い時代に中国から渡ってきた。枝は三本に分岐し、若いときは緑色である。葉は葉柄を持ち互生し、縁はなめらかである。靭皮繊維は強く良質で和紙の原料とする。

ミツマタ　京都薬科大学薬用植物園（京都市）2005.9.17

和名「みつまた」は枝が三つに分かれる事による。学名 *Edgeworthia chrysantha* の *chrysantha* は「黄色（黄金色）の花の」の意。ただしミツマタは、近世に我が国に渡来したとすれば、徳川時代であろう、とする説もある。*11

其の老嫗《おみな》を召さむと欲《おも》ほす時は、必ず其の鐸《ぬりて》を引き鳴らしたまひき。爾に御歌を作みたまひき。

浅茅《あさぢ》【73】原《はら》　小谷《おだに》を過ぎて　百伝《ももづた》ふ　鐸響《ぬてゆら》くも　置目《おきめ》来《く》らしも

【73】茅《ち》　チガヤ　イネ科チガヤ属

各地の日当たりの良い川原や草原に群生する多年草。四月ごろ褐色の花穂（つばなと呼ばれる）を出し、初夏には銀白色の絹毛に包まれる。葉は長いもので八〇センチメートルほどになり、幅は一

チガヤ　琵琶湖木浜(守山市) 2005.6.12

センチメートル程度である。葉身は基部に向かって細くなり、基部では硬く茎のようになり、葉鞘へと続く。葉身と葉鞘の間に肩毛がある。晩秋に赤く色づく。

万葉集(巻八)、春の相聞歌に「茅花《つはな》抜《ぬ》く　浅茅《あさぢ》が原の　つぼすみれ　いま盛りなりわが恋ふらくは」とうたわれている。

古代からチガヤは人々に親しまれていたのであろう。万葉集にはチガヤに関する歌が二五首ある。*5

崇峻紀

●蘇我馬子

蘇我馬子は皇子達及び群臣と共に、物部守屋大連を滅ぼそうと謀る。

「紀」によれば、

大連、親《みづか》ら子弟《やから》と奴軍《やっこいくさ》とを率いて、稲城《いなき》を

築《つ》きて、戦《たたか》ふ。是《ここ》に大連、衣揩《きぬすり》の朴《えのき》【74】の枝間《また》に昇《のぼ》りて、臨《のぞ》み射《い》ること雨《あめ》の如《ごと》し。……「将《はた》、敗《やぶ》らるること無からむや。願《ちかひこと》に非《あら》ずは成《な》し難《がた》けむ」とのたまふ。乃《すなは》ち白膠木《ぬりで》【75】を斬《き》り取りて、疾《と》く四天王《してんのう》の像《みかた》に作りて……

とある。

【74】朴《えのき》　エノキ　ニレ科エノキ属

落葉高木で高さ二〇～三〇メートルになる。葉は互生し五ミリメートル程の柄があり、基部は左右不同で葉の上部に鈍鋸歯がある。核果は七ミリメートル程の球形で、秋赤橙色に熟す。

エノキは国蝶オオムラサキの食草でもある。

【75】白膠木《ぬりで》　ヌルデ　ウルシ科ウルシ属

山野に普通に生える落葉小高木。葉は枝先に互生する奇数羽状複葉である。小葉間の葉軸に翼を持つ。夏、枝先に白い小花を多数つける。ヌルデシロアブラムシの産卵により、葉が中空袋状にふくれる。これを五倍子またはフシといい、タンニンを多く含む[*34]。果実は冬に褐色になり乾燥する。これを一つぶ噛むと最初僅かに塩味を感ずるが、後にほんのりとした甘味に変わる。和名ヌルデは、樹皮に傷をつけると白い漆液を出し、その液を物を塗るために用いたことによる。学名 *Rhus javanica* の *javanica* は「ジャワの」の意。

エノキ　京都市左京区鴨川岸 2005.9.16
左下：果実　2005.8.19

ヌルデ　大津市国分 2005.8.21

この他「記」に現れているが、本書に掲載されていない植物として次のものがある。

《仁徳紀》……是に大御《おおみ》羹《あつもの》を煮むと為《し》て、其《そ》地《こ》の**菘菜**《あをな》を採《つ》む時に、

《仁徳紀》　つぎねふ　山代女《やましろめ》の　木鍬《こくは》持ち　打ちし**大根**《おほね》　根白《ねじろ》の　白腕《しろただむき》　枕《ま》かずけばこそ　知らずとも言はめ

《継体紀》　生みませる御子、**佐佐宜**《ささげ》郎女。

「あおな」はカブ（あるいはタカナ）とされており、「おほね」は大根であるが、現在私達が目にするカブや大根ではなかったであろう。

「ささげ」はマメ科ササゲとされている。

大根、カブ、ササゲ等は、現在目にするものは相当の改良品種と思われるとともに、これらの作物の昔の姿に関する情報も得られなかったので敢えて掲載しなかった。

あとがき

古事記は日本を代表する古典であり、その読み物としてのレベルも非常に高いといわれている。実際そこに描かれた物語は読むほどに面白く、読者を感動させてくれる。古事記に出てくる植物やそれに関連した言葉を探し、カードに書き出す事を始めたのは、かれこれ二十数年以上も前かと思う。古事記の中にどのような植物が描かれているか、興味を持ったからである。基本的には古事記の書かれた時代から変化していないと思われる野生植物を念頭に置いていた。しかし拾い出してみるといくつかの現在に続く栽培植物も含まれていた。その典型が五穀である。五穀は人が生きていく上で最も重要な植物であるから、古事記や日本書紀の中でも重要な個所に現われている。しかし当時の稲、麦、粟、稗、大小豆等は、現在我々が目にするこれらの作物と同じとは到底考えることはできない。人は多くの時間と労力をかけ、これらの作物の品種改良に務めてきたからである。従って如何なる写真を載せるか大いに迷ったのであるが、五穀の重要性に鑑み、古代米として知られる赤米を入れて載せることにした。この他いくつかの栽培作物も載せた。

筆者は長年工学関連の畑で過ごし、植物と直接的にはほとんど縁のない仕事についてきた。しかし少年の頃から蝶や蛾の採集をし、それらの食草を通して植物に興味を持ってきた。また植物をよく知る友人と山野を歩いたり、一人で草原を歩きながら植物を観察して、それらの名を覚えてきた。今でも風そよぐ草原や山を、植物にさそわれるままに歩くことは筆者の楽しみの一つである。現在の職場に移ってからは、それまでと比べて直接的にも間接的にも植物に接する機会が増え、さらに楽しみながら多くを学ぶことができた。しかし尚、本書を書くにあたり、自らの浅学非才を痛感した次第である。従って、本書には誤りや思い違いがあるやも知れない。この点に関して読者の皆さんのご批判、ご教示を頂ければ幸甚である。また本書が植物や古典に興味のある皆さんにとって、それらを楽しむための幾ばくかのお役に立てば、筆者としてこの上ない喜びである。

松本孝芳

参考書及び文献

参考書

本書では、主に古事記に現われる植物について述べてある。一部は日本書紀と比較対応させて述べた箇所もある。

古事記、日本書紀の読み下し文は、岩波書店、日本古典文学大系『古事記祝詞』及び同『日本書紀(上、下)』に従った。また見出しの分け方も、ほぼ上記『古事記』に従っているが、一部独自につけた箇所もある。

現代語訳、内容については、主に福永武彦、現代語訳、『古事記』(河出書房、二〇〇三)及び三浦佑之、『口語訳 古事記』(文藝春秋社、二〇〇二)を参考にした。

植物についての説明は主に次の書を参考にしたが、ほとんどの植物は現物を手にして、筆者がその事実を確認しながら記した。またその際一つでも新しいことを付け加えるように努めた。

植物名については、現在用いられている名称をカタカナで記し、「記」「紀」の中に現われる名称をひらがなで記した。

(a) 牧野富太郎『新日本植物図鑑』 北隆館、一九六九

(b) 佐竹義輔他編『日本の野生植物 草本Ⅰ~Ⅲ』 平凡社、一九八九

(c) 佐竹義輔他編『日本の野生植物 木本Ⅰ・Ⅱ』 平凡社、一九八九

(d)『原色樹木大図鑑』 北隆館、一九八五

(e) 北村四郎、村田源、堀勝『原色日本植物図鑑(上)』 保育社、一九七八

(f) 北村四郎、村田源『原色日本植物図鑑(中)』 保育社、一九七八

(g) 北村四郎、村田源、小山鉄夫『原色日本植物図鑑(Ⅲ)』 保育社、一九七九

学名の由来については、(a)の他に次の書を参考にした。

(h) 牧野富太郎、清水藤太郎『植物学名辞典』 第一書房、一九七七

(i)豊国秀夫編『植物学ラテン語辞典』　至文堂、一九八七
植物の漢方、薬用については、(a)の他に、次の書を参考にした。
(j)伊澤一男『薬草カラー図鑑一、二、三、四』　主婦の友社、一九九五

文献（本文中の＊を付した番号に対応）

1 新井白石「東雅」巻一三～一六（今泉定介編輯・校訂『新井白石全集、第四巻』、吉川半七、一九〇六による）
2 牧野富太郎『植物一日一題』　博品社、一九九八、一四八頁
3 大石末男、石戸忠『日本水生植物図鑑』　北隆館、一九八〇
4 伊澤一男『薬草カラー図鑑4』　主婦の友社、一九九五
5 小清水卓二『万葉の葉・木・花』　朝日新聞社、一九七〇
6 前川文夫『日本人と植物』　岩波新書、一九七三
7 山田宗睦『花　古事記』　八坂書房、一九八九
8 上原敬二『樹木大図説Ⅱ』　有明書房、一九七五
9『世界有用植物事典』　平凡社、一九八九、頁八六三
10 中村浩『植物名の由来』　東京書籍、一九九八
11 白井光太郎『植物渡来考』　岡書院、一九二九
12 平井信二『木の大百科』　朝倉書店、一九九六
13 白井光太郎著『白井光太郎著作集第Ⅱ巻』　科学書院、一九八六
14 牧野富太郎『新日本植物図鑑』　北隆館、一九六九
15 上原敬二『樹木大図説Ⅲ』　有明書房、一九七五
16 深津正『植物和名の語源』　八坂書房、二〇〇一
17 深津正『植物和名の語源探求』　八坂書房、二〇〇〇
18 加藤雅啓編著『植物の多様性と系統』　裳華房、一九九七

19 清水建美『植物用語事典』 八坂書房、二〇〇二
20『日本植物方言集成』 八坂書房、二〇〇一
21 細見末雄『古典の植物を探る』 八坂書房、一九九二
22 井田孝「『古事記』の中の植物についてⅠ〜Ⅲ」 麗澤大学紀要44、45（一九八七）、46（一九八八）
23 阪本寧男『雑穀のきた道』 NHKブックス、一九九〇
24 木村陽二郎監修『図説草木辞苑』 柏書房、一九八八
25『日本の野生植物 草本Ⅰ〜Ⅲ』 平凡社、一九八九
26 有薗正一郎『ヒガンバナが日本に来た道』 海青社、一九九八
27 杉山直儀『江戸時代の野菜の品種』 養賢堂、一九九五
28 青森県埋蔵文化財調査報告書246集、三内丸山遺跡Ⅸ（第2分冊）、一九九八
29『日本の野生植物 木本Ⅰ〜Ⅲ』 平凡社、一九八九
30 北村四郎、村田源『原色日本植物図鑑 木本編Ⅰ』 保育社、一九八一
31 光田重幸『シダの図鑑』 保育社、一九九三
32 岩月善之助『しだ、こけ』 山と渓谷社、一九九六
33『大辞典』 平凡社、一九七四
34 薄葉重『虫こぶ入門』 八坂書房、一九九五

◆ 植物名対照表　50音順、(　)内は本文中の表記

記紀の表記	植物名
あおにきて（青丹寸手）	アサ
あかかがち（赤加賀智）	ホオズキ
あざみ（阿邪美）	ノアザミ
あしかび（葦芽、阿斯訶備）	アシ
あじまさ（檳榔）	ビロウ
あずき（小豆）	アヅキ
あずさ（梓）	ミズメ
あたね	アカネ
あはき（阿波岐）	アオキ
あわ（粟）	アワ
あをな（菘菜）	カブ
いちさかき（柃）	ヒサカキ
いちし（壹）	ヒガンバナ
いちひ（赤檮）	イチイ
いなだね（稲種）	イネ
えのき（朴）	エノキ
えびかづら（蒲子）	エビズル
おほね（大根）	ダイコン
かがみ（羅摩）	ガガイモ
かし（白檮）	シラカシ
かしは（柏）	カシワ
かつら（楓）	カツラ
がま（蒲）	ガマ
かみら（韮）	ニラ
かや（鹿屋）	ススキ
くす（櫲樟、楠）	クス
くづ（葛）	クズ
くぬぎ（歴木）	クヌギ
くり（栗）	クリ
くわ（桑）	クワ
こも（薦）	マコモ
さい（狭井）	ヤマユリ
さかき（賢木）	サカキ
さきくさ（三枝）	ミツマタ
ささげ（佐佐宜）	ササゲ
ささば（小竹葉）	ネザサ
さしぶ（烏草樹）	シャシャンボ
さなかづら（佐那葛）	サネカヅラ
しい（椎）	スダジイ
しの（小竹）	メダケ
しらにきて（白丹寸手）	ヒメコウゾ
すぎ（杉、榲）	スギ
すげ（菅）	カサスゲ
すすき（薄）	ススキ
そば（柧棱）	ニシキギ
だいず（大豆）	ダイズ
たかむな（笋）	タケノコ
たく（栲）	カジノキ
たじひ（多遲比）	イタドリ
たちばな（橘）	タチバナ
ち（茅）	チガヤ
つき（槻）	ケヤキ
つぎね	ハナイカダ
つづら（黒葛）	ツヅラフジ
つばき（椿）	ヤブツバキ
ときじくのかくのこのみ（登岐士玖能迦玖能木實）	タチバナ
ところづら（野老蔓）	オニドコロ
ぬなは（蓴）	ジュンサイ
ぬばたま	ヒオウギ
ぬりで（白膠木）	ヌルデ
のびる（野蒜）	ノビル
はじ（波士）	ヤマウルシ
〃	ヤマハゼ
はじかみ（椒）	サンショウ
はちす（蓮）	ハス
ははか（波波迦）	ウワミズザクラ
はりのき（榛）	ハンノキ
ひ（檜）	ヒノキ
〃	ビャクシン
ひかげ（日影）	ヒカゲノカヅラ
ひさご（瓠）	ヒョウタン
ひし（菱）	ヒシ
ひひらき（比比羅木）	ヒイラギ
ひらで（比羅傳）	カシワ
ふぢかづら（布遲葛）	フジ
ほぞち（熟瓜）	ウリ
まき（棱）	イヌマキ
まさき（眞折の縵）	テイカカヅラ
〃	マサキ
まつ（松）	クロマツ
まゆみ（檀弓）	マユミ
みつながしわ（御綱柏）	オオタニワタリ
むぎ（麦）	ムギ
むく（牟久）	ムク
むし（苧）	カラムシ
もも（桃）	モモ
やまたづ（山たづ）	ニワトコ
を（麻）	アサ
をみなめ	アサザ

植物名索引(2)

植物名	記紀の表記	学名
ダイコン／119	大根／119	
ダイズ	大豆／38	
タカナ／119		
タケノコ／19	笋 17	
タチバナ／22	橘、登岐士玖能迦玖能木實／21	*Citrus tachibana* (Makino) Tanaka
チガヤ／115	茅／115	*Imperata cylindrica* (L.) Beauv.
チョウジザクラ／25		
ツヅラフジ／77	黒葛／76	*Sinomeniumu acutum* (Thunb.) Rehd. et Wils
ツルマサキ／32		
テイカカヅラ／32	眞折の縵／25	*Trachelospermum asiaticum* (Sieb. et Zucc.) Nakai
ニシキギ／66	柧棱／65	*Euonymus alatus* (Thunb.) Sieb.
ニラ／68	韮／67	*Allium tuberosum* Rottl.
ニワトコ／108	山たづ／107	*Sambucus racemosa* L.
ヌルデ／117	白膠木／117	*Rhus javanica* L.
ネザサ／37	小竹葉／25	*Pleioblastus variegates* Makino
ノアザミ／72	阿邪美／72	*Cirsium japonicum* DC.
ノビル／78	野蒜／78	*Allium grayi* Regel
ハス／110	蓮／110	*Nelumbo nucifera* Geartn.
ハナイカダ／101	つぎね／100	*Helwingia japonica* (Thunb.) Dietr.
ハンノキ／112	榛／111	*Alnus japonica* (Thunb.) Steud.
ヒイラギ／58	比比羅木／58	*Osmanthus heterophyllus* (G. Don) P. S. Green
ヒエ	稗／39	
ヒオウギ／53	ぬばたま／53	*Belamcanda chinensis* (L.) DC.
ヒカゲノカヅラ／31	日影／25	*Lycopodium clavatum* L.
ヒガンバナ／71	壹師／71	*Lycoris radiate* Herb.
ヒサカキ／66	柃／65	*Eurya japonica* Thumb.
ヒシ／90	菱／87	*Trapa japonica* Flerov
ヒトリシズカ／100		
ヒノキ／46	檜／43	*Chamaecyparis obtusa* (Sieb. et Zucc.) Endl.
ヒメコウゾ／28	白丹寸手／25	*Broussonetia kazinoki* Sieb.
ビャクシン／46	檜／43	*Juniperus chinensis* L.
ヒョウタン／83	瓠／83	
ビロウ／98	檳榔／97	*Livistrona chinensis* var. *subglobosa* Martius
フジ／96	布遲葛／95	*Wistaria floribunda* (Willd.) DC.
ブナ／65		
ホオズキ／42	赤加賀智／41	*Physalis alkekengi* L.
マコモ／107	薦／107	*Zinzania latifolia* Turcz.
マサキ／36	眞折／25	*Euonymus japonicus* Thunb.
マテバシイ／65		
マユミ／95	檀弓／93	*Euonymus sieboldianus* Blume
ミズメ／94	梓／93	*Betula grossa* Sieb. et Zucc.
ミツマタ／114	三枝／114	*Edgeworthia chrysantha* Lindley
ムギ	麦／38	
ムク／53	牟久／51	*Aphananthe aspera* (Thunb.) Planch
メダケ／82	小竹／81	*Pleioblastus simonii* (Carr.) Nakai
モモ／19	桃／17	
ヤブツバキ／102	椿／100	*Camellia japonica* L.
ヤマウルシ／64	波士／61	*Rhus trichocarpa* Miq.
ヤマハゼ／63	波士／61	*Rhus sylvestris* Sieb. et Zucc
ヤマフジ／96		
ヤマユリ／69	狭井／69	*Lilium auratum* Lindley
ヨグソミネバリ／95		

◆ 植物名索引(1)

［学名は本文中で見出しにした植物についてのみ記し、比較対照としてあげた植物については記していない。］

植物名	記紀の表記	学名
アオキ／23	阿波岐／21	*Aucuba japonica* Thunb.
アオツヅラフジ／77		
アカネ／56	あたね／56	*Rubia cordifolia* var. *Munjista* Miq.
アカマツ／79		
アサ／30	青丹寸手／25、麻／29	*Cannabis sativa* L.
アサザ／109	をみなめ／109	*Nymphoides peltata* (Gmel.) O. Kuntze
アシ／10	葦芽、阿斯訶備／9	*Phragmites communis* Trin.
アヅキ	小豆／38	
アララギ／76		
アワ	粟／38	
イタドリ／106	多遅比／105	*Reynoutria japonica* Houtt.
イチイ／76	赤檮／76	*Taxus cuspidate* Sieb. et Zucc.
イヌマキ／48	柀／43	*Podocarpus macrophyllus* (Thunb.) D. Don
イネ	稲／38	
ウワミズザクラ／26	波波迦／25	*Prunus grayana* Maxim.
ウリ／75	熟瓜／75	
エゴノキ／71		
エノキ／117	朴／117	*Celtis sinensis Pers.* var. *japonica* (Plauch.) Nakai
エビズル／18	蒲子／16	*Vitis thunbergii* Sieb. et Zucc
オオタニワタリ／99	御綱柏／99	*Asplenium antiquum* Makino
オニドコロ／81	野老／81	*Dioscorea tokoro* Makino
オンコ／76		
カクレミノ／99		
カサスゲ／105	菅／104	*Carex dispalata* Boott
カシワ／84	比羅傳／83、柏／84	*Quercus dentate* Thumb. ex. Murray
カジノキ／54	栲／53, 57	*Broussonetia papyrifera* (L.) Vent.
カツラ／61	楓／61	*Cercidiphyllum japonicum* Sieb. et Zucc.
カニワザクラ／25		
カラムシ／57	苧／57	*Boehmeria nipononivea* Koidz.
ガガイモ／60	羅摩／59	*Metaplexis japonica* (Thunb.) Makino
カブ／119	菘菜／119	
ガマ／50	蒲／50	*Typha latifolia* L.
クス／14	櫲樟、楠／13	*Cinnamomum camphora* (L.) Sieb.
クズ／87	葛／86	*Pueraria lobata* (Willd.) Ohwi
クヌギ／85	歴木／85	*Quercus acutissima* Carruthers
クリ／90	栗／87	*Castanea crenata* Sieb. et Zucc.
クロマツ／80	松／79	*Pinus thunbergii* Parlatore
クワ／103	桑／103	*Morus bombycis* Koidz.
ケヤキ／112	槻／112	*Zelkova serrata* (Thunb.) Makino
サカキ／27	賢木／25	*Cleyera japonica* Thunb.
ササゲ／119	佐佐宜／119	
サネカヅラ／94	佐那葛／93	*Kadsura japonica* (Thunb.) Dunal
サルオガセ／30		
サンカクヅル／36		
サンショウ／68	椒／67	*Zanthoxylum piperitum* (L.) DC.
シャシャンボ／101	鳥草樹／100	*Vaccinium bracteatum* Thumb.
シラカシ／73	白檮／73	*Quercus myrsiaefolia* Blume
シラカバ／26		
ジュンサイ／91	蓴／91	*Brasenia schreberi* J. F. Gmel.
スギ／48	杉／43、榲／41	*Cryptomeria japonica* D. Don
ススキ／14	鹿屋、薄／13	*Miscanthus sinensis* Anderss.
スダジイ／89	椎／87	*Shiia sieboldii* (Makino) Hatsushima ex. Yamazaki et. Mashiba

著者紹介：
松本 孝芳（まつもとたかよし）
Matsumoto Takayoshi
京都大学大学院農学研究科森林科学専攻　教授・工学博士

略　歴：
1942年埼玉県に生れる。
千葉大学工学部卒業、京都大学大学院工学研究科高分子化学専攻修了
京都大学工学部、工学研究科助手、助教授を経て、1997年より現職。

著　書：
単著書：分散系のレオロジー（高分子刊行会）、コロイド科学のための
レオロジー（丸善）、バイオサイエンスのための物理化学入門（丸善）
分担執筆多数。

英文タイトル
The Flora of the Kojiki

古事記のフローラ《こじきのふろーら》

発行日 ―――― 2006年 3 月18日　初版第1刷
定　価 ―――― カバーに表示してあります
著　者 ―――― 松 本 孝 芳 ©
発行者 ―――― 宮 内　久

海青社
Kaiseisha Press
〒520-0112　大津市日吉台２丁目16-4
Tel.(077)577-2677　Fax.(077)577-2688
http://www.kaiseisha-press.ne.jp
郵便振替　01090-1-17991

● ISBN 4-86099-227-X C1040